白神话
山海经故事
2 不屈服的怪兽驳

沈启◎著　李欣怡◎绘

孔學堂書局

角色介绍

鳐鱼

拥有着典型的鱼类躯体，背部长有一对如同鸟翼般的翅膀，翩翩起舞于水面之际，那双翅膀在阳光的照耀下闪烁着奇幻的光泽。

深目人

来自相柳氏东方的深目国，眼眶高高隆起，眼珠深深凹陷在眼窝之中，左胳膊从始至终高高举着，有着超乎寻常的洞察力和观察力。

猼𫍷

外形与羊相似，有九条尾巴，修长而灵动。长着四只异常敏锐的耳朵，眼睛不像其他动物那样位于头部两侧，而是生长在宽阔厚实的背部。

驳

长得像马，通体白色，头部中央耸立着一只威猛的独角，长有像老虎一样锋利的牙齿，尾巴黑色，长长的，四只脚也像虎爪一样锋利。

䍺羊

羊头羊角羊身，但尾巴长得跟马的尾巴一样。身披一层厚实柔软且富有光泽的毛皮，头部圆润，灵敏度和警觉性非常高，跑得比马都快。

序

儿童最好的生命养料

经朋友介绍，有幸认识沈启老师。首次相见，一起吃饭，沈启老师向我简要介绍了以《山海经》为写作素材创作儿童文学作品的事情。在他绘声绘色的讲述中，我能感受到沈老师对古典文学浓厚的兴趣和对文学创作的极大热情。我虽然是中文系毕业，并且多年教语文，但很惭愧没有通读过《山海经》。

后来，沈老师将电子版书稿发给我，希望我写一篇序言。我诚惶诚恐，一来我不是名家大咖，二来儿童文学不是我主要研究的领域。但沈老师让我写序，是对我的信任，而且我们都是山西人，如果能帮一点忙，那是很荣幸的事。更主要的是新教育实验一向很重视儿童阅读，所以，就权当这篇文章是我这个后学者学习沈老师著作的心得体会。

书籍是儿童成长最重要的精神营养。读书不仅有助于儿童养成正确的人生观、价值观和世界观，而且对他们后期的学习乃至终身发展都有深远的影响。大量读书，不仅能激发阅读兴趣、培养阅读习惯、提升阅读能力，而且能丰富知识、增长见识、陶冶情操、增强想象力和联想力。爱阅读的孩子，往往爱学习，勤思考，善钻研。所以，童书对儿童健康成长有极其重要、不可忽视的价值。

新教育实验非常重视儿童阅读。朱永新老师说，“一所没有阅读的学校永远不可能有真正的教育”“阅读，是教育的基石；阅读，也是新教育实验的基石”“营造书香校园是新教育十大行动之首，也是新教育最为基础、最为关键、最为重要、最有特色的行动”。新教育专门成立了新阅读研究所，研制中小学生阅读书目，开发了“晨诵午读暮省”课程。朱永新老师还认为，“一个人的阅读史就是他的精神发育史”“阅读是个体生命走向幸福完整的必由之路”。

我的成长就受益于童书。回忆起童年，最美的时光是阅读连环画的时候。二十世纪八九十年代的山西农村，没有电子产品，没有手机，没有电子游戏，甚至连电都是到了晚上才有。父亲是语文老师，所以重视我的阅读，经常从学校的图书馆借回大量连环画和图书供我阅读。我阅读一本本连环画，沉浸在奇妙、古老、动人的故事中，超越现实环境，神驰古今中外，常常忘记吃饭和休息。用今天的话来说，处于心流状态。我正是在这种无功利的阅读中潜移默化地塑造了价值观，懵懵懂懂地知道什么是对的，什么是错的，什么是应该做的，什么是不应该做的。在这种有趣味的阅读中，增加了识字量，培养了阅读的兴趣、阅读的习惯和一定的阅读能力。从小学到大学，我最喜欢的就是语文课，从来没有为写作文发愁过。后来，我高中学文科，大学读中文系，乃至硕士、博士一路读下来，都与童年时培养的阅读兴趣和阅读习惯有密切的关系。

童书对于儿童生命如此重要，但当下儿童的阅读现状并不乐观。一方面是学校过量地作业挤占了阅读的时间，另一方面是无处不在的电子产品吸引了儿童的注意力。儿童自控力差，很难抵抗电子游戏、短视频的吸引，不少儿童在家抱着手机，沉迷于电子游戏和短视频，有的甚至深陷其中，不能自拔。长期沉浸手机，满足于感官的刺激，就越来越难有耐心阅读纸质书籍，难有沉浸式的深度阅读体验。

因此，为儿童创作优质的童书，让儿童摆脱电子产品的束缚，投入阅读中，不仅有深远的意义，更是现实的迫切需求。从这个角度讲，沈老师的这套神话故事丛书，可以说是又为全国的青少年增加了丰盛的精神食粮。

沈老师笔下的故事充满魅力，有宝贵的价值。现实与神话结合，古典与现代交织，对儿童有很强的吸引力。比如《阿健和人鱼》描写了阿健救母的动人故事。阿健曾经过着无忧无虑的生活，但突如其来的瘟疫让妈妈身患重症。为了能治好妈妈的病，阿健进深山，访名医，学游泳，上海岛，战海盗，救人鱼，最终治好了妈妈的病。故事语言生动形象、描写细腻，故事情节充满幻想、可读性强。从教育功能看，这个故事传递了孝敬父母的传统美德、不畏艰难的坚强意志、保护动物的生态观念，弘扬了中华民族的传统美德。儿童阅读这样的故事，有助于在潜移默化中增强文化自信，塑造正确、健康的价值观。

在众多的童书中，沈老师的童书有鲜明的独特性。童书中，有《男生贾里》这样的校园小说，有《草房子》这样的成长小说，有《汤姆·索亚历险记》这样的冒险小说，有《苏武牧羊》这样的历史小说，有《夏洛的网》这样的童话小说，有《地心游记》这样的科幻小说，还有《第七条猎狗》这样的动物小说。沈老师塑造的故事融历史、传奇、神话于一体，其中的动物、人物形象取材于志怪小说《山海经》。这样独特的构思，不仅使故事有了厚重感，增加了奇幻的色彩，而且有利于激发儿童对古典文学的好奇和兴趣。也许，有的孩子会通过阅读这本书而埋下阅读甚至研究《山海经》的种子，从而在潜移默化中培养热爱中华优秀传统文化的情感。从这个角度讲，这本书为传播古典文学提供了新的思路。正如最近比较火的游戏《黑神话：悟空》，其大量人物造型取材自山西等地的寺庙雕塑，激发了大众对古建筑的兴趣，带动了当地文旅产业的发展。由此也给我们启发：传统文化是储量丰富的资源库，是最能引发大众共鸣的话题，是激发创作灵感的点金石，如何创新运用，值得文艺创作者探究。

这套丛书既适合家长购买给孩子阅读，也适合学校的老师们用来给学生开发儿童阅读课程，如此，更能发挥书籍的作用和价值。我相信，孩子们一定会非常喜欢。最后，期待沈老师能继续为孩子们创作出更多优秀的童书，成为儿童文学界的又一座高峰！

郝晓东

（博士，新网师执行主任）

Contents 目录

不屈服的怪兽驳

背上长眼睛的羬羊

会飞的蠃鱼

蠃　鱼　《山海经》之西山经

原　文　邽山，濛水出焉，南流注于洋水，其中多黄贝；蠃鱼，鱼身而鸟翼，音如鸳鸯，见则其邑大水。

译　文　邽山，是濛水的发源地，濛水从这座山流出，之后向南流入洋水，水中有很多黄色的贝壳。濛水里还有一种蠃鱼，它们长着鱼的身体，却有鸟的翅膀，发出的声音像鸳鸯鸣叫，它在哪里出现，哪里就会发生水灾。

一、蠃鱼来到了大海

有一条名为濛水的河流，源头始于巍峨神秘的邽山。它犹如一条银色的绸带，蜿蜒曲折，一路向南汇入广袤的洋水之中。

在这条河流中，栖息着一种神奇的鱼，它的名字叫蠃鱼。

蠃鱼拥有着典型的鱼类躯体，流线型的身体在水下游弋时，犹如一道蓝色的闪电，划破深邃的海底，仿若水下世界的舞者。

蠃鱼的背部长有一对如同鸟翼般的翅膀，这双翅膀并

非装饰，它能够在水面上飞翔，这是自然造化的奇妙恩赐。

蠃鱼于水面翩翩起舞之际，那双翅膀在阳光的照耀下闪烁着奇幻的光泽。

在振翅于碧波之上时，蠃鱼发出的声音会在空气中回荡，如同鸳鸯深情地鸣叫，悦耳动听，又带着一丝神秘。

蠃鱼对于自己翡翠般的翅膀，有着深深的热爱，它为自己拥有这对翅膀而自豪。

在碧波荡漾的河水中畅游一段时间后，蠃鱼便会跃出水面，展翅滑翔。那对翅膀如同舞动的水彩画布，轻轻掠过水面，泛起一圈圈美丽的涟漪。

在阳光照耀的河面上，它将翅膀全然展开，宛如一面迎风飘扬的船帆，以迅疾而优雅的姿态划破平静的水面。

河两岸的群山峻岭、层峦叠嶂，倒映在水中，随着它的飞驰，山峦快速向后退去。山上的树木摇曳生姿，小草翠绿欲滴，带给蠃鱼无比的自由和快感。

在濛水的河面上，它似乎忘记了疲惫，不知疲倦地向前飞翔着，仿佛每一次的翱翔，都在追寻着某种无尽的向往。

直到有一天，河水流到了尽头，映入它眼帘的是一片深邃广阔的海域，视野豁然开朗，一望无际。

海里有一条叫嘟嘟的鲑鱼，正悠闲地游着。

它心高气傲，内心充满着对卓越的渴望，它总想在广袤的海洋世界中闯出一番与众不同的天地，要让亲朋好友，特别是弟弟妹妹们，用敬佩和羡慕的目光仰视自己。

海底世界是一个神秘绚丽的万花筒，各种各样的藻类植物五彩斑斓，令人眼花缭乱。

一群梭子鱼快速游动着，宛如一支支离弦之箭，迅疾如风，刹那间就消失了，取而代之的是一只悠然自得的大海龟，扇动着前面的两只大鳍，缓缓而来。

乌贼拖着扁平的身体，在珊瑚丛中灵活穿梭，忽而变为红色，忽而又化为蓝色，融入那片蔚蓝的海藻之中，巧妙地避开了潜在的危险。

过了一会儿，没有了声音，乌贼又恢复了原样。它把脑袋抬起来，悄悄松了一口气，正想出来溜达，却遭到了水蛇的攻击。

惊恐之下，乌贼喷射出一团浓浓的墨汁，将周围的海水染成漆黑一片，成功地为自己赢得了逃生的机会。

一簇簇色彩斑斓的珊瑚背后，几尾天真无邪的小鱼正在嬉戏追逐，全然未觉潜藏的危机。

一只狡猾的螃蟹悄无声息地举起两只锋利的大钳子，趁小鱼不备，闪电般发动攻击，一条小鱼转瞬之间就成了它口中的美食。

伴随着巨浪翻滚，一条身长二十米的鲸鲨腾空跃起，其雄伟的姿态仿佛一座拔地而起的摩天大楼，在空中短暂停留后又沉入深邃的大海，引得海面波澜起伏，壮观至极。

鲑鱼嘟嘟一会儿潜入深不可测的海底，汲取生存与成长的智慧；一会儿冲向阳光照耀的海面，锻炼自己的速度与力量，学习着捕捉的技能。

二、鲑鱼嘟嘟和大伙儿捉迷藏

鲑鱼咣咣从另一片海域悠然游来，在阳光照耀下，海面闪烁着银色的光泽。

鲑鱼咣咣兴奋地用它的尾巴轻轻拍打了一下鲑鱼嘟嘟，告诉它有个捉迷藏的好地方。

鲈鱼平平和鲈鱼闹闹也都过来了，还有一些它们不认识的新朋友。

鲑鱼嘟嘟听完鲑鱼咣咣说的话，产生了浓厚的兴趣，它点点头，示意鲑鱼咣咣领路前行。

一会儿的工夫，在鲑鱼咣咣的带领下，它们来到了一片巨大的珊瑚礁前。那珊瑚礁宛如一座海底森林，形态各异。色彩斑斓的珊瑚树，犹如盛开的鲜花在水中摇曳生姿，随着水流轻柔摆动，映射出绚丽多彩的光芒。它们没有看见鲑鱼咣咣说的朋友们。

“它们在哪里？”鲑鱼嘟嘟紧盯着眼前这片珊瑚礁，带着焦急与期待的语气，向鲑鱼咣咣询问道。

鲑鱼咣咣狡黠地眨了眨眼，故意装出一副困惑的模样大声说道：“哎呀，说好在这里等，现在我也不知道它们在哪里！”

它的语气中，明显带有几分戏谑的味道，显然它正在试图逗弄一下这个认真又急切的好友。

听闻此言，鲑鱼嘟嘟的脸色瞬间有些发白，它显得越发焦虑起来。它瞪大眼睛看着鲑鱼咣咣，略带责备地抗议道：“你不知道，为什么还要叫我过来呢？这样骗我可不好玩。”

就在这紧张而又微妙的气氛之中，一阵突如其来的笑声打破了海底的宁静。

那些先前藏匿起来的朋友，已经按捺不住心中的兴奋，纷纷从珊瑚丛中钻了出来。

鲈鱼平平招呼大家聚集在珊瑚礁前的一片开阔地带，所有参与游戏的朋友排成了一条长长的队伍，屏息凝神，等待着规则的宣布。

鲈鱼平平清了清嗓子，然后详细解释道：“各位朋友，我们今天要玩的是海底版的捉迷藏。首先，我们会通过抽签的方式，选出一条鱼来充当寻找者的角色，其余的鱼儿则负责躲藏。躲藏范围限定在一海里之内，确保大家可以安全返回。时间设定为一个上午，直到正午时分结束。最后，我们将根据找到的鱼的数量，和没有被找到的鱼的数量，来决定胜负。输的一方须请胜利的一方美餐一顿，必须是去海底最热门的美食区。”

话音刚落，随着鲈鱼平平一声洪亮而坚定的口令，被选中的捉鱼者背过身去，开始倒计时，给其他鱼儿留出足够的时间，前往远方寻找最佳的藏身之处。

鲑鱼嘟嘟听到发令声后，兴奋之情溢于言表，它迅速调整方向，向远处游去。

此刻的它，全然投入了这场别开生面的游戏之中，它觉得这样的游戏真是妙趣横生，既刺激又充满挑战。

途中，几条金枪鱼不知为何，正好挡住了鲑鱼嘟嘟的前行路线，如果是平时，鲑鱼嘟嘟可能会停下来与它们理论一番。但现在为了争取更多的时间，找到理想的藏身之地，它毫不犹豫地绕开了金枪鱼，灵活地穿梭在海底的洞穴、岩石缝隙之间，努力找寻那个能够让自己成功躲避视线的秘密角落。

随着时间的推移，与朋友们在海底共度的欢乐时光，如同短暂的浪花一样，逐渐消退。

鲑鱼嘟嘟开始深思，它觉得游戏和嬉戏虽然带来了片刻的欢愉，但终究如过眼云烟，转瞬即逝。而权力、威望与出众的能力，则仿佛永恒的星辰，熠熠生辉。每当想起快乐的捉迷藏游戏，既便回忆里充满了笑声，但鲑鱼嘟嘟的内心却更加渴望让自己在这片海洋中脱颖而出，拥有超越所有朋友的力量和影响力。

鲑鱼嘟嘟不再满足于做一个参与者，而是希望能成为那个引领潮流、发号施令的存在，让所有的鱼儿都围绕自己旋转，而非再像游戏中那样，听从鲤鱼平平或其他任何一条鱼的指挥。

这种想要被仰视、被崇拜的强烈渴望，让鲑鱼嘟嘟迷失了自己。

三、鲑鱼嘟嘟想拥有螃蟹的技能

鲑鱼嘟嘟躺在珊瑚构成的洞穴里，想着自己的心事。想着想着，它觉得邻居螃蟹大哥的两个钳子非常棒，如果自己能够拥有，谁不听自己的话，就用钳子夹它一下，让它臣服于自己。它觉得自己的这个想法非常棒，于是马上开始锻炼自己的体能。

可是它的身体却没有像螃蟹一样长出一双钳子，它只有胸鳍。于是，它开始锻炼自己的胸鳍，想让它们变得强健有力。

每天吃完饭，它就来到自己找的场地，认真努力地锻炼起来。它把自己的胸鳍举起来，朝着水面击打。两个月过去了，三个月过去了……经过半年时间的训练，鲑鱼嘟嘟觉得可以试试自己的力量了。

密密的水草下面，有两条小黄鱼在聊天。鲑鱼嘟嘟慢慢地向它们游去，想听听它们在说什么，不料刚巧听到其中一条小黄鱼在谈论鲑鱼嘟嘟爱慕虚荣的事。鲑鱼嘟嘟不由得愤怒起来，它决定冲过去教训教训它们，并向它们展示一下自己像钳子一样厉害的胸鳍。

只见鲑鱼嘟嘟悄悄立在说自己坏话的小黄鱼身后，把自己的胸鳍举了起来，稳、准、狠地对着小黄鱼就是一击。

然而，小黄鱼只是吓了一跳，其他什么事也没有发生，小黄鱼用不屑的眼睛看了看鲑鱼嘟嘟，气得鲑鱼嘟嘟在原地来回打转，它知道它的努力失败了。

其实这一切都源于鲑鱼嘟嘟自己，它的胸鳍是用来平衡身体的，不是用来攻击别的鱼的，它用自己错误的思维惩罚了自己。

四、鲑鱼嘟嘟的梦想又失败了

鲑鱼嘟嘟不甘于失败，它很快调整了自己的心态，又在寻找着新的技能。它想，自己一定要找到一种使自己能够傲视所有鱼的办法。

鲑鱼嘟嘟想啊想啊想啊想，终于想到了乌贼老弟的逃生技巧，虽不能攻击但能保命，也是非常值得炫耀的一项本事。只要能活着，一切都是小事。

如果遇到鲨鱼之类的凶猛动物，自己的这种技能就能派上用场了。有谁能从鲨鱼的嘴边逃脱呢？想到这里，鲑鱼嘟嘟得意地笑了。

心动不如行动，嘟嘟想到的改变颜色的方法，就是用自己的嘴巴吸一口泥土，浸在嘴里再吐出来，水的颜色就会变得浑浊，水混浊了，其他动物就看不见自己了。

一条透明的小虾在贝壳顶上晒着太阳，海水暖暖的，绿色的水草让眼睛特别舒适。

小虾跷着一只脚，哼着只有自己才能听懂的小调儿，自娱自乐。

鲑鱼嘟嘟经过几个月的苦练，已经能自如地吞吐泥沙了。它看到小虾后，决定验证一下自己的技能。

它悄悄爬到小虾的后面，把嘴里的泥沙吐了出去。小虾周围清澈的水面浑浊了，小虾和贝壳消失了，鲑鱼嘟嘟的眼前只有黑乎乎的一片。

成功了，成功了！鲑鱼嘟嘟为自己的成功感到骄傲。但是，很快发生的一件事又把鲑鱼嘟嘟的美梦打破了。

这天，鲑鱼嘟嘟在岸边的池塘里小憩，一条鳄鱼窜了出来，吓得鲑鱼嘟嘟赶快把嘴里的泥沙吐了出来，谁知道鳄鱼就像长了透视眼，照着鲑鱼嘟嘟的尾巴就咬了过来。要不是鲑鱼嘟嘟游得快，躲过了鳄鱼的攻击，它已经成为鳄鱼嘴里的美餐了。

原来鲑鱼嘟嘟吐出的泥沙只能覆盖很小的一块范围，只能罩住自己的脑袋却罩不住尾巴，不足以掩护自己逃生。这次的经历，让鲑鱼嘟嘟再也不敢展示自己的这项技能了。

五、遇到了天空中飞翔的蠃鱼

鲑鱼嘟嘟孤独地在水面上游着，偶尔露出脑袋看看四周，几次的失败让它非常沮丧，自信心受到了重挫，它不再去寻觅新的特殊技能。

突然间，它看到自己的上方有一条鱼在飞翔，它揉揉自己的眼睛，还能清晰看到对方的腮帮子在来回鼓动。太不可思议了，鱼居然能飞上天！鲑鱼嘟嘟想，如果自己学会这项本领，那朋友们见到自己肯定都会竖起大拇指，因为大家只能在海里游，自己却能在天上飞。想到这里，鲑鱼嘟嘟又开始自我陶醉起来。

鲑鱼嘟嘟决定拜飞鱼为师。飞鱼，是鲑鱼嘟嘟给蠃鱼的定义。它第一次见到会飞的鱼，不知道对方叫什么。但这些都无所谓，相识不如偶遇。鲑鱼嘟嘟想着设计一个有意思的见面场景，让自己和飞鱼成为朋友，然后自己好跟蠃鱼学艺。

有道是“只要功夫深，铁杵磨成针”。鲑鱼嘟嘟想到的是努力努力再努力，但没有想到的是“选择不对，努力白费”。南辕北辙，背道而驰，只会让自己离心中的抱负越来越远。适合自己的才是最好的，这种想法在鲑鱼嘟嘟的脑袋里已无立足之地，它一门心思想要拥有不切实际的特殊技能，却忘了人家的翅膀是天生的。

蠃鱼在空中飞舞着，享受着风一样的自由。蠃鱼不同于其他鱼的地方，在于它的鱼身上长有一双像鸟翅一样的翅膀，它浮出水面后可以像雨燕一样在海面上飞掠，它鸣叫的声音如同水中鸳鸯的叫声。

海边的岩石上立着一群正准备起飞的海鸥，蠃鱼的出现让它们产生了浓厚的兴趣。它们嘴里发出声音，向蠃鱼扑去。

悠闲游玩的蠃鱼看到箭一样扑过来的海鸥，头朝下，不慌不忙地向海水里扎去。扑过来的海鸥丢失了目标，生气得一阵乱叫，只得无奈地向远方飞去。

进入水里的蠃鱼收拢了翅膀，它打算回自己的小窝休息。途中，蠃鱼碰上了鲑鱼嘟嘟。

六、拜蠃鱼为师

“你好，会飞的鱼。”一个声音从左边传来。蠃鱼扭过头，看到水草边有一条鲑鱼正微笑着向自己打招呼。

“你好。”蠃鱼礼貌地回应道。

“你太厉害了，太伟大了，太美丽了。”只听得鲑鱼嘟嘟一个劲地赞美道。

“哦，哦，是吗？”蠃鱼一边说着一边想，“我自己也没有觉得自己有多么了不起，这一切不都是天生的吗？”想归想，说归说，但是赞美的语言谁都爱听。

“你有什么事，需要我帮忙吗？”蠃鱼向鲑鱼嘟嘟问道。

“是这样，你起飞的样子太让我羡慕了，我也想像你一样，在天空中飞翔，你能教我吗？”

蠃鱼愣住了，它从来没有想到会遇到这种事情，这让它感到左右为难。拒绝吧，怕伤了鲑鱼嘟嘟的心；答应吧，可怎么教呢，毕竟自己一出生就会飞啊！

在鳐鱼沉默的这段时间，鲑鱼嘟嘟又开口说道：“我能不能学会都与你无关，只要你答应教我就行。”

鳐鱼听到鲑鱼嘟嘟说的话，只能勉强地说道：“好吧。”

鲑鱼嘟嘟见鳐鱼答应了，高兴地跃出水面，围着鳐鱼转了两圈。“谢谢你，会飞的鱼！我的师父，徒弟有礼了！”它用脑袋击打着水面，算是给鳐鱼行了见师礼。

七、还是没有成功

蓝天白云，一望无际的海面上没有风，没有船，也没有海鸟。阳光折射进水里，散发着七彩的光。吃过早餐，鲑鱼嘟都和鳐鱼结伴而游。

“师父，今天天气这么好，你教教我，怎么在水里起飞。”鲑鱼嘟嘟央求道。

“好，那我做个示范，你好好看着。”鳐鱼说道。

“好的，好的。”鲑鱼嘟嘟说着鼓起掌来，它全神贯注盯着鳐鱼师父做的每一个动作。

只见鳐鱼在水里开始加速，嘴里轻轻地念了一声“起”，随即两只翅膀紧紧收拢，瞬间钻出了水面。在出水的刹那，鳐鱼的两只翅膀就像两把大伞，像弹簧一样，猛地撑开了。

翅膀的扇动，把鳐鱼很快带到高空，在鲑鱼嘟嘟的眼里，鳐鱼像一个小黑点。鳐鱼在天空中尽情飞翔着，一会儿高，一会儿低，一会儿画着优美的弧线，一会儿又在天空中转

几个圈。

鲑鱼嘟嘟羡慕极了，开始按照鱝鱼起飞的步骤练习。“一、二、三，加速。”嘴里一边念着，一边又喊着“起”，只见它的身子腾空而起，离开了水面，但它兴奋的心情还没有来得及表现，刹那间它便又落回到水里了。一次一次起跳，它不相信自己飞不起来。然而都失败了，它一次也没有飞起来，反而把自己弄得精疲力尽。

鲑鱼嘟嘟看着在天空中飞翔的鱝鱼，心里有太多的不甘，它知道自己这辈子也做不到了，但心里又渴望能飞翔一次，它决定恳求鱝鱼带它上天转一圈。

八、体验飞翔的感觉

鱝鱼钻进水里，问鲑鱼嘟嘟练习得怎么样，鲑鱼嘟嘟回答说不行，最好的时候也就跳三尺高，根本飞不起来。想飞不过是自己的一种奢望而已，刻意地模仿根本不会起到任何效果。鲑鱼嘟嘟希望鱝鱼带它飞翔一次，让它体验体验飞的感觉。鱝鱼答应了它的请求。

鲑鱼嘟嘟爬上了鱝鱼的背，鱝鱼让它抱紧自己，以免高飞的时候掉下去。鱝鱼跟鲑鱼嘟嘟做好了准备，随着鱝鱼嘴里的一声“起”，它俩飞上了天空。

天空好美啊！飞起来的感觉真是太棒了！自由的风从脸颊的两边吹过，朵朵白云像棉花糖触手可及，从上往下俯瞰，景色尽收眼底、一览无余。

这是鲑鱼嘟嘟第一次在天空中飞翔，也是第一次从上到下看这令它眼花缭乱的景色。鳐鱼带着它在大海上空盘旋着，转了一会儿，它已不满足于眼前的美景，想看得更多一些，便让鳐鱼向远处的山顶飞去。

山顶上有好多高大茂密的大树，还有无数的鲜花盛开着，各色花卉争奇斗艳，吸引着好多小粉蝶翩翩起舞。

鲑鱼嘟嘟见惯了水里盛开的珊瑚树，绿地上的花卉它还是第一次见。尤其是两只大蝴蝶，一前一后来回嬉戏着，让它看得入神。

突然间，一只不知名的大鸟向鳐鱼扑来，鳐鱼猛地旋转身体，极速飞翔，正看得入神的鲑鱼嘟嘟被这突如其来的变化搞晕，一不留神从鳐鱼身上掉了下去。

不好，鲑鱼嘟嘟一边叫着一边下降。鳐鱼为了躲避刚才的大鸟，也被迫向南飞去。

鲑鱼嘟嘟躺在草丛里，它想翻个身，却无能为力。陆地不像海里，它的活动范围仅限于海里。原来，一旦离开了自己赖以生存的地方，它就什么都不是了。

四五只小粉蝶围着鲑鱼嘟嘟打转，身边的小花，有红的，绿的，粉的，蓝的，五颜六色，可鲑鱼嘟嘟一点心情都没有，它心里只剩下绝望。只要自己在这个地方躺一天，就会变成鱼干，什么理想，什么愿望，都将随着时间的消逝而消失。

鲑鱼嘟嘟开始反思自己，它为自己不切实际的想法感到悔恨，第一次它向螃蟹大哥学艺，第二次它向乌贼老弟学艺，第三次遇到了鳜鱼，它以为自己这一次会成功，结果险些把性命丢掉。

不从自己的实际出发，胡思乱想刻意模仿，妄想超越自己的极限，这才是错误的根源。

鲑鱼嘟嘟闭上了眼睛，回忆着自己这一生所做的事。选择不对，努力白费，这句话是对自己这一生最好的诠释。

“你是谁呀？你为什么躺在这里？”

鲑鱼嘟嘟无力地睁开眼睛，看到旁边的花叶上落着一只小蜜蜂，正关切地望着自己。

“我是鲑鱼嘟嘟，和伙伴一起游玩，不小心掉落在这里。”

“那你为什么不起来离开呢？”小蜜蜂又问鲑鱼嘟嘟。

“没有水，我走不了。我是海里的动物。”

小蜜蜂听到鲑鱼嘟嘟的回答，若有所思地摇了摇头，扇着美丽的翅膀，优雅地飞走了。

九、生死边缘认识到自己的错误

鲑鱼嘟嘟绝望地闭上了眼睛，它想起了自己的好朋友鲑鱼咣咣。

鲑鱼咣咣很善良，脑子却没有鲑鱼嘟嘟灵光，好几次鲑鱼嘟嘟都觉得鲑鱼咣咣太笨，忍不住说它几句，可鲑鱼咣咣只是笑笑，也不反驳，只是努力做着自己该做的事。

现在想起来，鲑鱼嘟嘟觉得傻的是自己。把别人当作傻子的时候，自己才是真的傻子。

还有鲈鱼平平，每次聚在一起，大家都是听它指挥，可是鲑鱼嘟嘟总是不甘心，觉得鲑鱼平平跟自己差不多，凭什么每次都当领导。无奈的是，大家每次都选择鲑鱼平平。

鲑鱼嘟嘟心里的怒火被嫉妒点燃了，它不顾一切寻找着新的技能，总想脱颖而出，成为鱼群里的佼佼者，成为大家的领头鱼。

想着想着，鲑鱼嘟嘟又无奈地睁开眼睛看了看天空。想不到自己会葬身于此，鲑鱼嘟嘟的眼睛里流出了悔恨的泪水。

风，一阵比一阵大，鲑鱼嘟嘟努力扭过头想看个究竟。映入眼帘的是鳐鱼，原来鳐鱼来救自己了！鲑鱼嘟嘟心里又充满了希望。

鳐鱼遭到大鸟的攻击后，被迫向后撤退。这只不知名的鸟，满身乌黑，两个爪子锋利无比。它看到鳐鱼后，紧追不舍，恨不得立马将鳐鱼抓来果腹。

鳐鱼和大鸟在天空斗智斗勇，鳐鱼知道只有自己进入水里才是最安全的，但几次俯冲都被大鸟拦截，它被迫一次次在空中与大鸟缠斗。

鳐鱼从知道鲑鱼嘟嘟掉下去的那一刻起，就想着去救鲑鱼嘟嘟，可是大鸟的追击让它无法分身。鳐鱼和大鸟一会儿东一会儿西，一会儿高一会儿低。终于，在离水面不高的地方，鳐鱼把两只翅膀收拢，像箭一样射向水里。大鸟看着鳐鱼进入水里，只能盘旋着恨恨离开。

鳐鱼在水里等了一会儿，看到那只大鸟已不知去向，慌忙起飞去寻找鲑鱼嘟嘟，怕晚了鲑鱼嘟嘟遇到危险。

经过不断地搜寻，鳐鱼发现了躺在草地上的鲑鱼嘟嘟，鳐鱼用它的两只翅膀，把鲑鱼嘟嘟扶到了自己的背上。不一会儿工夫，它们都回到了海里。

经过这几次的经历，鲑鱼嘟嘟对自身有了新的认识。那就是，不管做什么事情，都不能不切实际盲目模仿，否则受伤害的只会是自己。

鲑鱼嘟嘟跟鳐鱼也从师徒变成了最好的朋友。鲑鱼嘟嘟跟小伙伴们又在一起捉迷藏玩游戏，过起了逍遥快活的日子。

举着左手的深目人

深目国 《山海经》之海外北经

原　文 深目国在其东，为人深目，举一手。一曰在共工台东。

译　文 深目国在相柳氏的东边，国中的人眼眶很高，眼睛深深陷在眼窝里，那里的人总是举着一只手。也有说法是深目国在共工台的东方。

一、路上的车样式各异

洛邑这个地方很是热闹，不愧是王城，承载着周王朝深厚的文化底蕴。

封地里的王公贵族们，车水马龙，来来往往，各类车马络绎不绝，一辆辆华贵的马车轮番登场。

你看天子坐的金路车过来了，那是一辆极尽奢华的皇家御驾。包金的伞盖，如同太阳般耀眼，闪耀着熠熠光辉。伞盖与同样包金的车辕交相辉映，彰显出无上的皇权尊严。

五匹精选的骏马神采奕奕，肌肉饱满，它们高昂着头颅，仿佛也在向世人展示，它们是驾驭天子之车的非凡之马。

连驾车的御者也昂着头，挺直身躯，满脸肃穆，目视前方，一副高高在上的样子，这正是天子威仪的一部分。紧随其后的卫士们身着甲胄，步伐一致，宛如铜墙铁壁般护卫着天子的安全。

阳光照在金路车上，发出令人眩晕的光。这一道道的光影，使得整支队伍在行进的过程中，给人以神秘、隆重、庄严的感觉。

与此同时，另一侧街道上，少傅乘坐的夏篆车悠然而至。夏篆车的车毂上雕有五色的、隆起的花纹，随从仆役们簇拥左右，形成了一股不容忽视的势力。

还有一辆叫夏缦的车驶过，那是卿大夫坐的车，只有五彩花纹，没有雕花。虽然不及天子金车那般华丽，仍显现出主人尊贵的身份地位。车夫挥舞着手中的鞭子，急匆匆的样子，仿佛有什么事情发生，但其匆忙之中依然保持了应有的秩序。

城门口驶来两辆大夫乘坐的墨车，车身朴实无华，车毂上仅以黑色漆料装饰，没有五彩，也没有雕花，车厢内外都蒙上了厚实的皮革。

两名车夫面色凝重，目光专注，正专心致志赶着车向南走去，显然，他们正在履行重要的公务。

一辆简朴的栈车，从平民院落中缓缓驶出，这种车是士阶层常用的交通工具，材质取自竹木，虽不豪华，却结实耐用。

车上的老头笑眯眯地赶着车，一边和车内的主人聊着天，悠然自得。

“让开点，让开点。”车夫大声吆喝着。庶人使用的役车，穿梭在熙熙攘攘的人群之中。

这里住的都是平民，街道狭窄，车夫生怕碰着行人，不断喊着话。他车厢里拉着一点杂物，正准备给人送过去。

这是庶人乘坐的役车，方形车厢设计简洁实用，可装载各类劳动工具，没有繁复的装饰，这种车只有实用性，没有舒适性。

“想不到洛邑这么繁华，光车子就各式各样看不过来。”一个少年瞪大了明亮的眼睛，难以抑制内心的兴奋。他感慨万分地指向络绎不绝的各式马车，对身边的伙伴们说道。

“那是，前边的街市更热闹。”另一个少年点头应和道。

“那我们快点走吧。”几个少年异口同声说道。

第一个说话的少年叫阿青，性格活泼开朗。第二个说话的少年叫阿成，沉稳而睿智。其余的几名少年依次是阿亮、阿明、阿和、阿新、阿龙、阿宾和阿发。他们都是同一个村子的，都已经是十六七岁的少年了，在大伙儿的眼中已经是成人了。

他们跟父母商量后，决定由阿青带领大家去最繁华的洛邑王城闯闯，闯出自己的一番事业。

二、露天的街市

树绿绿的，太阳明晃晃的，转瞬之间，一行人就踏入了繁华的街市。

即便是巍峨壮丽的王城，也没有像现在一样，划出大片区域，圈一块地，盖好多房子，房子里全是卖东西的租户。

那时的市场，以天为顶，地为铺，由专门负责管理市场的官员司业，指定一片空地，做生意的人就在这片空地上交易。

市场的运行井然有序，有负责检验商品质量优劣的胥师，有调控物价平衡的贾师，有维持市场秩序、防止欺行霸市的司虣，有神出鬼没、严防盗贼的司稽，有公正无私、确保公平交易的管秤质人，还有掌管税收、保证国家财政来源的廛人。

尽管这个市场是露天的，没有可遮风挡雨的建筑，但其管理制度严谨而周全，涵盖了方方面面。

进入街市，首先看到的是售卖陶罐的。一排排陶器色彩斑斓，以灰陶为主基调，又巧妙地融入了蓝色、黑色、白色以及红色的釉彩，显得古朴而又不失韵味。

整齐摆放的陶器样式各异，各具特色：出戟三足鼎沉稳庄重，陶爵的造型流畅雅致，陶盉线条优美且实用性强，陶鬲简洁大方透着古朴之美，白陶瓿质地细腻洁白无瑕，鸭形壶栩栩如生尽显灵动之姿，弦纹罐则有着独特的纹理。

摊位前围了不少顾客，他们正热火朝天地与摊主讨价还价。老板是个健硕的中年人，他面带笑容，机智而热情，不时用娴熟的手势比画着。

紧邻陶器摊位的，是个铁匠铺，两名健壮的小伙，手持硕大的铁锤，随着臂膀充满力量的起落，捶在炽热的铁块上，发出富有节奏感的叮叮当当的声音。

在他们的身旁还有一名小伙儿，正专注地拉着风箱。他的双手快速而有节奏地前后推拉，风箱的每一次吞吐，都能带来一股强劲的气流，使得炉膛中的火焰剧烈跃动，直往上蹿，将铁块烧得通红透亮。

一块结实的木板上，摆放着各式各样的铁器。

五齿锄头经过精心打造，每个齿尖都磨砺得锐利无比，足以应对各种复杂的田间劳作。

“V”形铧冠结构精巧，设计科学，能有效地翻耕土壤，提升农耕效率。

爪镰则以其独特的钩状刃口设计，轻松应对收割谷物等任务。

铲子平整坚实，不论是挖掘还是平土，都显得游刃有余。

还有那把斧子，沉甸甸的分量彰显其品质，锋利的刃口在阳光下闪着寒光，无论是砍伐树木还是劈柴生火，都是不可或缺的好帮手。

再往前走一段路，是一片开阔的马市，这里汇集了二十匹骏马。

每一匹马都被拴在坚固的木桩上，这些木桩深深地嵌入地面，即使是最烈性的马也无法挣脱束缚。

在每匹马的下方，都铺垫着新鲜的草料，翠绿的颜色，昭示着其鲜美可口。

这些马膘肥体壮，肌肉线条饱满有力，毛色光亮如缎，显现出勃勃生机与活力。

它们或是乌黑油亮，如同深夜的浓墨；或是雪白无瑕，宛如冬日初雪；抑或是棕红相间，好似夕阳下的草原。

每一匹马的眼神都炯炯有神，鼻息喷涌出热气，蹄子坚实有力。它们都是从遥远的草原上贩运过来的，如今虽然被拴在市场，但那份来自草原的野性，依然深深烙印在它们的灵魂深处，仿佛随时都能扬蹄飞奔，重归那片无垠的天地。

继续往后走，是玉器交易区，几十名精明干练的小商贩，各自占据着一方小天地。他们围绕着中心地带，紧凑有序地排开。每人面前都摆放着一块木板。木板上，精心铺垫着色彩艳丽、质地细腻的葛布。

葛布之上摆放着一件件经过精心雕琢的玉器成品，正静静地等待着识货人的青睐。

其中，装饰品类繁多，有用于墙壁装饰的玉璧，寓意圆润完满；有象征连绵不断的玉环，传递着永恒之意；还有形态各异的玉珠、玉璜和古朴雅致的璇玑，以及形状如春笋般饱满生动的玉笋、线条流畅的玉管等小型配饰，琳琅满目，令人目不暇接。

还有一些大型组佩和复杂精细的组合饰品，它们结构巧妙、层次分明，每一片玉片之间都相互呼应。

这些玉器上的纹饰更是匠心独运，既有勾云纹的飘逸灵动，又有龙鳞纹的庄重神秘，还有栩栩如生的人物形象，以及各种动物纹饰，无不显现出制作者高超的艺术造诣与独特的审美情趣。

在材质上，这里的玉器既有白玉的纯洁无瑕、青玉的温润如脂、碧玉的翠绿欲滴，又有黄玉的贵气雍容，每一款都流露出玉石特有的自然之美。

这些小商贩们各展其能，热情洋溢地叫卖着自家的商品，用最诚挚的笑容，和最具说服力的语言，招揽着过往的顾客。

继续往后走，又看到各式各样的小摊交织在一起。

案板上整齐排列着新宰杀的猪肉、活蹦乱跳的家禽与拔毛洗净的整鸡。卖粗布的商贩展示着各种纹理独特的棉麻织品。竹编篮子、陶罐瓷器等各类生活用品，诉说着平凡而真实的日子。

小伙子们在场内转悠了一大圈，被琳琅满目的商品所吸引，身心都投入这烟火气中了。

不知不觉间，他们已疲累交加，步伐渐渐慢了下来，肚子也因长时间的游逛，开始发出咕噜噜的抗议声。

于是，他们决定找一家口碑不错的烧饼店，先把肚子填饱。

三、大伙儿四处找工作

阿亮咀嚼着手中的馍，边吃边说道：“我们来这繁华王城已经有三四天了，虽然见识了不少新鲜事，但还没有找到活计。”

馍屑在他说话间从嘴角飘落，他的言语中透露出一丝无奈和焦急。阿和手捧着粗瓷大碗，碗里盛着从陶缸里舀出的井水，清澈透亮。

阿和的笑容中带着乐观与坚毅，听了阿亮的话，他笑着回应道：“你说得对，兄弟们这些天把王城的大街小巷都转了个遍，该看的看了，该逛的也逛了，接下来确实应该收起闲散的心思，实实在在地寻份活计，安顿下来，好养活自己。”

阿成此刻也坐不住了，他起身挪了挪身下的板凳，也附和着说道：“没错，找到活计，挣到钱，这才是我们最该做的事。”

其他小伙子纷纷应和着，他们眼神交汇，相互鼓励，对生计问题都持有共识。

这时，阿龙提出了一个关键性的问题：“既然如此，那我们下一步该怎么做呢？”

阿青深思熟虑后给出了建议：“我看这样吧，明日一早，我们先去大户人家问问，看有没有需要做杂工的，如果有，我们就先安定下来，其他的下一步再做打算。”

阿青说完，便起身招呼众人准备出发，去贵族们住的地方。大家都纷纷站了起来，一同走了出去。

又过了两天，在这熙熙攘攘的王城里，阿青、阿明和阿亮凭借各自的技能，相继找到了稳定的营生，阿成也在一家店铺寻得了一份差事。

只有阿和、阿新、阿宾和阿发四个人还没有找到活干，他们依然结伴穿行在街市上，四处讨活。

阿和眼尖，他突然发现南边一棵柳树下聚集了很多人，男女老少皆有，人群中传来阵阵议论声，显得格外热闹。“你们看那个地方，那么多人围着，估计是有啥新鲜事，我们也过去看看。”

阿和一边说着，一边指向那棵柳树下的人群，眼神中闪烁着好奇的光芒。

怀着探询的心思，四人结伴朝柳树下走去，拨开围观的人群，挤进了中心地带。

映入众人眼帘的是一位身着长袍，面带微笑的占卜者，他来自于相柳氏东方的深目国。他的眼眶高高隆起，眼窝

很深，眼珠深深凹陷在眼窝之中，眼睛里闪烁着犹如星辰大海般的光芒，仿佛装有无尽的智慧。

他有着超乎寻常的洞察力和观察力，在黑夜中视物与在白天无异，能于细微处洞察万物，在他面前摆放着一张八卦图，不知为何，他的左胳膊从始至终高高举着。

他骑的马，在远处的一棵柳树上拴着。他的周围，人们或是屏息倾听，或是窃窃私语。旁人告诉阿青："这个深目人有透视的能力，能看到几百里以外的东西，能预知别人的未来。"

"这也太神奇了！还真是个神人。"阿宾挠了挠头，说道。

"我们看他给别人算得准不准，如果准确，我们也算算。"阿发说道。

"好。"其余的几个小伙子都回应着。

四、给大伙儿占卜的深目人

一名妇女走了过去，她告诉深目人，她家的鸡丢了，想看能不能找到。

只见深目人将他那只一直举着的左手轻轻放在妇女的头上，随后闭上眼睛，也就用了几分钟的时间，他告诉这名妇女，她的鸡跑到了最东边的一个草垛里，正在草垛里睡觉呢，只要过去就能逮着。

为了证明自己占卜的准确性，深目人没有收钱，而是等着那个女人找到鸡后，再过来付他占卜钱。

又有一个男人走上前去问道："尊敬的占卜师，我藏在床下的两吊钱不见了，我在周围里里外外找了大半天，什么也没有找到，你给我看看，是被小偷偷了，还是我放到别的地方忘记了。"

深目人把他的手放在了男人的头上，微微闭着眼睛，顷刻的工夫，他告诉这个男人，这两吊钱在他家壁厨上的罐子里。"

只见这个男人使劲拍了脑袋一下："我想起来了，是的，我那天觉得放在床下不安全，就把它藏在了罐子里，后来我却忘得一干二净。

"谢谢你，谢谢你，占卜师。"男人恭敬地弯下腰，给深目人行了个礼。

这个时候，那个女人也回来了，她一只手里抓着鸡，一只手里拿着卦金，对着深目人也弯腰行了个礼。

围观的人看到这一切，都觉得这个深目人太神奇了，大伙儿纷纷要求他给自己也算算。

危险的气息在空气中悄然弥漫，犹如黑夜中的冷雾，让人不寒而栗。

三个蒙脸大汉正从阴暗的巷角步步逼近，他们身形魁梧，每个人手中都紧握着一把刀，面罩遮挡住了他们的面容，只露出一双双闪着凶光的眼睛。

深目人还站在原地，并未意识到这突如其来的危险。

随着一个妇女的尖叫声，周围的人群瞬间炸开了锅，惊恐的呼喊和凌乱的脚步声交织在一起，大伙儿纷纷逃生，场面一度陷入混乱。

阿新看到那明晃晃的刀光，眼神中闪过一丝决然。他立刻拽了拽阿和的衣袖，压低声音，紧张但坚定地说道："阿和，你赶快去找其余的同伴过来，深目人有危险！我和阿发、阿宾留下来监视，我们不能坐视不管。"

从小到大，见义勇为的思想已深深烙印在这些小伙子的骨子里。

大伙儿迅速交换了一下眼神，阿和点了点头，立即转身疾奔而去。留下阿新、阿发和阿宾，继续跟踪这三个蒙面人的动向，以确保深目人的安全。

五、绑匪把深目人带到小木屋

强盗把深目人绑了起来，把他装进麻袋里，然后放到了一个平板车上，拉着他往城外的山里走去。

只听得其中一个绑匪说道："老大，这下我们发财了，只要让这小子告诉我们哪里有金子又没有人看管，我们就去哪里拿，神不知鬼不觉，又不用杀人，我们也不用提心吊胆。”

“有那么好的事吗？”另一个绑匪撇撇嘴说，随即又谄媚地望向绑匪头子。

“你们两个少叽叽歪歪的，一切等回去再说。如果他不按咱们说的去做，咱们就把他杀掉。”绑匪头子不耐烦地说道。

躲在后面的三个小伙子悄悄地隐藏着行踪，跟着这几个绑匪一路前行。

天公不作美，下起了小雨。山里的气候很多变。

早上阿新他们出来的时候，太阳红艳艳的，穿个坎肩都觉得热，想不到现在风一吹，会这么冷。

阿发想抬起头打个喷嚏，吓得阿新赶紧捂住了他的鼻子和嘴，阿发的喷嚏硬生生憋了回去。

如果有响动，惊动了绑匪，发生了危险，那就得不偿失了。

路边蓝色小野花的叶子上都挂满了水珠，松软的山路也开始变得泥泞起来，整个山林都罩在薄薄的雨幕中。

在两棵参天大树下，有一间孤零零的小木屋。三个蒙脸大汉粗暴地将深目人架在中间，他们步履沉重而迅速，消失在了那间小木屋的门后。

阿新、阿宾和阿发三人，凭借着敏捷的动作、沉着冷静的心态，悄无声息地潜行到小木屋的窗子下。

他们的呼吸压抑到几乎听不见，心跳声却如鼓点一般，在这紧张的气氛中显得尤为响亮。

透过窗户的缝隙，他们看到深目人恐惧的脸庞、绑匪们狰狞的轮廓，极力捕捉着屋内的一举一动。

他们屏息凝神，尽管内心燃烧着解救深目人的强烈愿望，但他们明白，此刻最佳的选择并非盲目冲动，而是耐心等待，寻找最有利的时机。

六、深目人不向绑匪屈服

屋子里的气氛紧张而压抑，三个绑匪围着刚刚从麻袋里放出来的深目人。

这个深目人的独特之处，在于他能看到远方的事物，绑匪们也是因为他这个能力，才绑了他。

其中一个绑匪带着狡黠的表情对他说道："我们听说你拥有透视距离和遮挡物的能力，现在你帮我们找找金子在哪，只要你配合得好，我们就不会伤你一根毫毛。但如果你不听话……"

他尚未说完，另一个绑匪便迫不及待地接上话茬，脸上怒气横生："如果你要不合作的话，就只有死路一条。"

说话间，他恶狠狠地抽出一把明晃晃的刀，架在了深目人的脖子上。

深目人虽然身处险境，却依然镇定自若，他坐在地上，昂起头，以一种不屑与坚毅的眼神，凝视着眼前的绑匪。

深目人愤然地说道：“就算你们杀了我，我也决不会助纣为虐，帮助你们这些丧尽天良的强盗。”

眼看着绑匪就要挥刀行凶，阿新、阿宾和阿发在屋外早已心急如焚，他们紧握拳头，猛然站起来，准备不顾一切地冲进去救人。

就在这千钧一发之际，只听见屋内传来绑匪头目的大喝声：“快放下刀，蠢货！你要是把他杀了，谁来帮我们找到金子？”

这一声呵斥，让三个小伙子悬在嗓子眼的心，暂时落回原处。

然而，阿发因为紧张，不小心在屋外弄出了响声，这下又将原本稍微缓和的局势，推向了新的高潮……

“外面有人。”屋子里的一个绑匪低沉地喊了一声。

三个小伙早已潜伏进附近的草丛中，瞬间绷紧了神经，屏住呼吸，以便自己藏得更深。

小伙子们透过摇曳的草丛缝隙，眼睛紧紧盯着那间小木屋，只见两个绑匪手持明晃晃的刀，脸上带着凶狠与警惕，迅速冲出了屋子。

两人围绕着小木屋警觉地转了一圈，他们并未察觉到隐藏在暗处的三人，又回到了屋子里。

一名绑匪向他们的头目说道：“老大，仔仔细细察看过了，外面确实没有人，可能是附近的野猫野狗经过引起的动静。”

绑匪头子坐在破旧的木椅上，满脸胡茬的脸庞显得非常阴鸷。他听了手下的话后，没有立即回应，而是把手轻轻地放在下巴上，那双狡猾的眼睛不停地来回转动着。

片刻之后，绑匪头子开口了，声音低沉且坚决地说道：“这里可能已经暴露了，不再安全，我们得马上撤离。”

七、大伙儿跟踪到小山村

阿和回到王城，找到了小伙伴们，大家听了后都义愤填膺，在阿和的带领下，大伙儿向小木屋赶去。

小雨已经停了，太阳也出来了，大家来到小木屋的时候，只有阿新一个人在等候。

阿青对着阿新问道：“阿宾和阿发呢？”

阿新道：“绑匪觉得这里不安全，又把深目人转移走了。他俩继续跟踪，已经在路上给我们留下了记号，我在这里等候大伙儿。”

阿新看到每个伙伴的手里都拿了一根大棍子，阿青也给他递过来一根棍子，他顿时觉得自己心里增添了不少底气。

沿着阿宾在山路上留下的记号，大约走了六里地，他们看到了一个小山村，村子不大，也就五六户人家。

已到中午时分，家家户户的烟囱里陆陆续续冒出了白烟，人们开始做午饭了。山村很静，有零星的鸟鸣和狗叫声。

在村口，大家看到了前来接应的阿宾。阿宾将绑匪落脚的地点告诉了大家。

不一会儿，大伙儿来到一幢屋子前，看到绑匪正在逼迫农妇给他们做饭。

土炕上摆着一张桌子，桌子上已摆好了酒和肉。三个绑匪在炕上坐着，已经端起了酒杯，老妇人在灶边给灶膛里添着柴。深目人则被绑在杂物间的柱子上。

绑匪们做梦也没想到，在这个人迹罕至的地方，有一群年轻人已经给他们布好了天罗地网。

八、大伙儿和绑匪搏斗

阿青把人员安排了一下，他让两个人去西边的杂物间解救深目人，其余的跟他去正屋擒拿绑匪。

阿青一声令下，大伙儿拿着棍棒冲进屋里。三个绑匪正美滋滋地端起酒杯，酒还没有进肚，这突然的变故让他们有点错愕。

瞬间，他们又恢复了恶狠狠的样子。土匪头子抡起大刀，朝阿青他们扑了过来，另外两个土匪也抡起刀跳下了炕。

为了避免伤及正往灶膛里添火的老妇人，阿青等人退到了院子里。

阿青拿起棍子，朝着一个绑匪的头上砸去，阿成的棍子也朝着另一个绑匪的腿上扫去，其余几个人也跟绑匪混战在一起。

面对八九个年轻人的围攻，这三个绑匪没有一点害怕，一看就是惯匪，作恶多端。

好在阿青等人个个血气方刚，人数也多，对绑匪的进攻一点都不胆怯。很快，小伙子们三个围打一个，三根棍子上下飞舞，绑匪也是左右腾挪，谁也不服谁。

阿青对着阿亮、阿成大喊一声：“你俩攻击他身体的上部，我打他的下部。”阿亮、阿全得到指令，立即去攻绑匪的上部，很快这个绑匪就被弄得身心俱疲。

“哎呀”一声，绑匪疼得大声喊叫。原来阿青的棍子打在了绑匪的腿上，绑匪瞬间倒在了地上。

这个绑匪被擒拿后，另两个绑匪也慌了神，但依然负隅顽抗，只是没有了刚才恶狠狠的神情。绑匪头子也顾不得同伴的死活，左劈右劈，一个鹞子翻身逃走了。

最后一个绑匪也被大伙儿打倒在地，四个小伙子留下来看管被捉住的绑匪，其余的跟着阿青，朝着绑匪头子逃跑的方向追击而去。

山里边多树多沟，人若隐藏其中，还真不好找。好在上午下了点雨，现在地面被太阳晒得微微发干，此时人从地上走过，留下的脚印就会很清晰。

大伙顺着脚印一路小跑到了一个悬崖边，脚印到此处却没了踪迹。悬崖下面是万丈深渊，一眼望不到底。

绑匪去哪了？大伙儿确定的是他不可能跳崖，肯定就在附近，但又看不到有藏身的地方。大伙儿只能分开人手从不同的方向仔细搜索。

“这里的草有踩过的迹象”，不细看还看不出来，像有人踩过后，又拿着树枝轻轻扫过复原，但仔细辨认还是有痕迹。

“大伙儿快过来。”随着阿明的一声大喊，大伙儿迅速围拢过去，跟着草迹，慢慢向前。

果然在一块草垫子下发现了一个洞，洞里正藏着那个绑匪头子。原来这是绑匪早就挖好的藏身之地，真是狡兔三窟。

九、深目人让大伙儿说出自己的愿望

大伙儿把绑匪送进了监狱，为当地老百姓除了一害。

小伙子们见义勇为的行为使深目人非常感动，他决定满足小伙子们每人一个愿望。做好人就会得到上天的眷顾。

这是小伙子们寄宿的客栈，今天大家都没有出去上工，而是等着深目人的到来。

咚咚咚的敲门声让大家兴高采烈。深目人过来了，大伙儿知道，他能够帮助大家一步一步实现自己的愿望，把希望变成现实。

深目人的脸上满是笑意，他的两只眼睛看上去炯炯有神。他示意大家一个一个排好，然后轮流说出自己的愿望。

第一个是阿发，他的愿望是拥有一块土地，一块很大很大的土地。

第二个是阿宾，他的愿望是拥有一群牛羊。

第三个是阿亮，他的愿望是拥有一片果园。

第四个是阿和，他的愿望是拥有五间舒适的大房子，他还想娶个媳妇。

第五个是阿新，他的愿望是拥有一块水塘，里面的鱼多多的，他娘喜欢吃鱼。

第六个是阿明，他的愿望是拥有一家酒坊。

第七个是阿龙，他的愿望是拥有制陶器的窑。

第八个是阿成，他的愿望是成为盐贩，因为过去的卖盐人是最有钱的人。

最后一个是阿青，他的愿望是拥有一匹马。

大伙议论纷纷，都问阿青为什么只要一匹马。阿青笑而不语。

深目人跟大伙儿友好告别后，大伙儿又围住阿青追问，阿青温和地对大伙儿说道："我明白大家都有自己美好的愿望，也期待深目人能够帮助我们实现。

"然而，我们必须清楚地认识到，深目人的力量虽强大，但他并非无所不能，何时能兑现承诺，将我们的愿望变为现实，这都是未知数。”

根据实际情况，给自己一个切实可行的愿望，想要的东西就不会落空。而现在他拥有的，就只有一匹马。

听罢阿青的话，客栈内顿时陷入了一片沉静，小伙子们的脸上写满了思索与反思。

狡猾的猼訑

猼 訑 《山海经》之南山经

原 文 又东三百里，曰基山，其阳多玉，其阴多怪木。有兽焉，其状如羊，九尾四耳，其目在背，其名曰猼訑，佩之不畏。

译 文 再往东三百里，有座山名为基山，山的南边蕴藏着丰富的玉石，山的北边有很多奇形怪状的树木。山中有一种野兽，形状像羊，但是长着九条尾巴和四只耳朵，它的眼睛长在背上。它的名字叫猼訑，传说佩戴着它的皮毛就不会感到恐惧。

一、村里有户人家姓高

兄弟五人的姓名是老爹起的，老爹和老妈憨厚善良，也没有什么文化，但老爹喜欢有文化的人。

村里的私塾先生德高望重，不仅教孩子们读书识字，更注重培养他们的品德修养，常常教导孩子们仁、义、礼、智、信。

老爹对此深感认同，他认为，这些品质对于孩子们的成长至关重要。

有一天，老爹向私塾先生请教这五个字的含义，并得到了详尽的解答。老爹决定以自家的姓氏为基础，分别为五个孩子取名为：高仁、高义、高礼、高智、高信。

有外人听过孩子名字的，都夸老爹有文化，老爹只是嘿嘿一笑，什么也不说，但心里还是有点小得意。

村子不大，住着四五十户人家，守望相助，洋溢着淳朴的人情味。大家都以种地为生，日出而作，日落而息。

俗话说："靠山吃山，靠水吃水。"紧挨着村子的大山，成了村民打猎、打柴的好地方。

这五个兄弟个个长得浓眉大眼、身体健壮，性格也很和善，很受村民的喜欢，一个比一个也就大两三岁，这里边除了老二，其余的都很勇敢。虽然都是一个爹妈生的，各自的性格却不一样。

老二天生胆小，跟大家上山砍柴，一只野兔蹿出来都能把他吓得哆嗦一下。兄弟们见怪不怪，恨铁不成钢的同时，也只有多保护他。

二、兄弟五个喜欢打猎

打猎是小伙子们最喜欢做的事。

"大哥，二哥，看那边有狍子。"老三高声喊着。

大家顺着老三指的方向看过去，只见在山洼的一个土堆后面，立着两只狍子，它们有着细长的颈和大眼睛、大耳朵，浑身草黄色，还长着一条很短的小尾巴。两只狍子都昂着头，仿佛随时警惕着来自四周的危险。

大家悄悄地趴在土堆后，谁也不说话。大哥拿起长矛，测了测距离，示意大家别动，自己又往前挪了十来米。

山坡上很静。山崖的边上有一朵花，花的上面飞着一只蜜蜂，嗡嗡嗡的声音在这寂静的环境中显得格外清晰，大家都听得很清楚。

也许是这安静的环境让狍子放松了警惕，其中一只狍子便低下头吃草了，只有另一只还昂着头扫视着四周。

长矛飞了出去，一只狍子倒在了地上，另一只狍子跳跃着离开了，大伙儿高兴地向倒在地上的狍子跑去。

响声惊动了山脊上觅食的野鸡，咯咯咯的叫声从远处传来。

老四、老五听到野鸡的叫声，几乎同时说道："哥，你们弄狍子，我们过去看看野鸡。"说完便顺着小道一路小跑离开了。

不一会儿，老四、老五就看到了三只野鸡。其体形较家鸡略小，身上大部分颜色为黄色，头顶两侧有一束能耸立起，而羽端呈方形的耳羽簇，下背和腰的羽毛边缘披散如头发，尾巴较长，脚爪有力，善于奔跑。

他们趴在一个山头上，生怕再惊动了野鸡。野鸡的警惕性也非常高，稍微有风吹草动就会跑掉。刚刚的响声惊动了野鸡，但它们并没有跑向远处，也许是它们察看后觉得没有危险。

老五藏在土堆后面，又用长矛悄悄瞄准野鸡，心想志在必得，长矛飞出去了，然而野鸡毫发无损地飞走了，气得老五无奈地摇了摇头，空欢喜一场。

三、老二高义有胆小的毛病

老二高义胆小的性格，成了村民们茶余饭后的谈资。

尽管他品性善良、手脚勤快，但由于每逢大事小事都畏缩不前，使得他在村子里渐渐被人们视为“不成气候”的人，以至于过了成亲的年龄也没有媒婆上门提亲，弄得老爹老妈着急上火，仿佛一块巨石压在心口。

老爹老妈总想着找什么办法治治老二高义这胆小的毛病。恰逢有货郎来村里卖货，老妈买了几根针，又跟货郎闲聊，顺便说了老二高义的情况。货郎说他知道怎么治高义胆小的毛病，这可把老妈激动坏了。

货郎告诉老妈，他听一个老人讲，在离村庄一百里远的一座大山里，有一种动物叫猼訑。

猼訑的外形与普通的羊相似，有柔顺光滑的皮毛和温驯的性格，但它的尾巴不像羊那样短小，而是有着九条修长而灵动的尾巴。

这九尾不仅在行动时如彩带般飘逸，更赋予了它非同寻常的平衡能力和迅捷无比的身手。

猼訑长着四只异常敏锐的耳朵，这四耳分布于头部四周，使得猼訑能够全方位无死角地捕捉到周围最细微的声音，无论是丛林中的风声、兽吼，还是遥远的溪流潺潺，皆逃不过它的耳膜。

猼訑的眼睛不像其他动物那样位于头部两侧，而是生长在宽阔厚实的背部。

这种罕见的眼部构造使猼訑在面对敌人或捕猎时，即便身体朝向地面，也依然能够洞察背后的动静，确保自身的安全与生存优势。

猼訑的尾巴舞起来的时候像狐狸的尾巴，耳朵竖起来的时候像狼的耳朵。它的性格温顺而狡猾，一般不易被捕捉。人要是吃了猼訑的肉，就会变得胆大无比，老虎在他眼里也跟小猫一样。

老妈回到家，把这个好消息告诉了大家，老爹听后反而沉默了。他告诉孩子们，这个事情其实他也知道一点，之所以没有跟大家说，是因为那里非常危险。

先不说路途遥远，就说山里的老虎、野猪、豹子、狼、蛇等凶猛动物就已经非常危险了，而且这猼訑也非常狡猾，有人一样的思维，它会带着你捉迷藏，把你带进你自己设的陷阱里，或引入狼群，是一个非常可怕的对手。

老大高仁听完老爹的叙述，说道：“老爹老妈，我知道你们现在非常关心二弟的现状，我作为哥哥，也有帮助弟弟

的义务和责任。请二老放心，我一定会捕捉到猼訑。”

其他的几个兄弟听了大哥的话，也纷纷表示会团结一心，跟大哥去山里。高义听着哥哥弟弟们的话，感动得流出了泪水，同时又为自己的胆小感到难过。可是遇到事他就不由自主地发抖，他对自己也是又气又恨。

四、兄弟们寻找猼訑蹄印

数日后，兄弟五人踏上了去深山的路。经过数日的奔波，大家终于看到了大山，一片朦朦胧胧的薄雾笼罩着整个山脊。

气候比较阴冷，山也是光秃秃的。

过了山口，再往里走两公里，就开始出现奇形怪状的树。仔细看那些树干，有的有一米粗，上面分开好多树杈。

怪就怪在这树杈上，按理说，每一棵树的枝条都应该是一个颜色，可这棵树每一根枝条的颜色都不一样，有红色的、绿色的、蓝色的、黄色的、橙色的，还有黑色的，不经意望去，就像画布上涂满了杂乱的颜色。

不远处有另一种树，它的树根在一块平整的岩石下面，但树干只有一厘米粗，而树身却有两丈高。它们相互缠绕，相互支撑，一棵树挨着一棵树，整个岩石上的树排成一排，看起来有五米长。

在山岩的石缝中，偶尔还能看到正常的绿草，这也许就是猼訑的草料吧。整个大山给人以诡异的感觉。

大哥是大伙儿的主心骨，也是指挥者，他让大家提高警惕，小心虎狼的袭击，同时仔细辨认蹄印，相互照应着前行。

这时，只听老五高信大声喊了起来：“大哥，你们几个都过来，我这边发现了不一样的蹄印，每个蹄印看起来都像梅花的花瓣，有的深，有的浅，快来看看这是不是猼訑的脚印。”

大哥和兄弟们走过去，拿出老爹画的猼訑像和蹄印像对比。非常相似！哥几个很是高兴，看来辛苦没有白费，下一步就看怎么捕捉到它了。

沿着蹄印一直往前走，前面是一条小河，在小河边，蹄印消失了，这也证实了猼訑的狡猾。它从河水里走，自然不会留下任何印记。

不管怎么样，发现猼訑的踪迹就是让兄弟们最开心的一件事，接下来要做的就是去周边搜寻它的足迹。

走着走着，老三高礼叫住了大家：“你们快过来，看这石缝里的青草有被啃过的迹象。”大伙开始紧张地注视着四周。

这时老四高智又说话了：“快看，东南方向的土堆后面有一只羊！”

那就是猼訑！大伙开始蹑手蹑脚地往前走，生怕发出一点轻微的响动惊动了猼訑。突然猼訑开始跑起来，大伙儿紧随其后也跟着奔跑起来。

其实，狰池刚才奔跑并不是因为听到了声音，而是他背上的一只眼睛看到了他们。

狰池跑得并不是特别快，它始终在人们的视线中。人停下来的时候，它也停下来；人追的时候，它又往前跑。好像故意气人似的，大伙儿只能气喘吁吁，望“羊”兴叹。

一上午的时间，大家只顾往前追狰池，谁也没有顾及周边的情况。狰池又往前跑了起来，不一会儿就跑进一个山洞，眨眼间不见了。

大伙儿停下来，洞口四周是巨型藤蔓，奇形怪状的树枝挡在路上。太阳发着微弱的光，透过树缝洒在人的脸上。空气中有一种潮湿发霉的味道，树干与树干之间像古人摆的迷魂阵。大伙儿迷路了，现在唯一的路径就是进入山洞。

五、山洞里有蛇

现在怎么办？寻找回家的路，还是继续追击狰池？经过商量，大家决定进洞寻找。

洞口很大，往里走却越来越小，仅能容一个人正常通过，再往里走，能听到水滴声。洞里开始变暗，大家只得点燃火把继续前行。

拐个弯，再拐个弯，前面的地势变得开阔起来，一个很大的水潭出现在了大家眼前。

水潭边的湿地上留有梅花样的印迹，看来这是猼訑喝水的地方。水潭对着的东西南三个方向，各有一个洞口。

举着火把的老四高智，突然“哎呀”一声叫了起来。只见一条两米长的蛇，正晃动着脑袋，无声地匍匐前行，两只眼睛放出的绿光让人胆寒。

老四和老五抽出身上的刀，站在老二的前面，大家把老二围了起来。

蛇把这里当成了自己的领地，看到有人进入，便觉得遭到入侵。在离大家不到两米远的地方，蛇忽然将半个身子立了起来，转动着脑袋准备发起进攻。

拿刀的老四、老五迎上前去，左右挥舞着大刀，一截一截蛇身从空中落下，大家顿时松了一口气。

呼啦啦的声音响起，让大家的心不由得又提了起来，一群蝙蝠从他们头顶飞过。

是往前走，还是往回走，抉择又一次横在大家面前。

伴随着的危险越来越大，而猼訑还没有被捕捉到。老大高仁让大家说出各自的意见，老三高礼说道：“我们千辛万苦来到这里，为的是什么大家都清楚，不能有一点困难就退缩。况且我们已发现猼訑喝水的地方，说明这的确是它的老巢。坚持就是胜利。”最后，大家一致同意继续追击。

经过商量，大家决定从东面的洞口继续前行。

走了大约一里地，溶洞开始越来越大，越走越宽阔，有风吹过大家的脸庞。约莫又走了二十米，他们终于看到了阳光，温暖的光晃得大家的眼睛睁都睁不开。

这是一个大山谷，鲜花盛开，一望无际，还有各种各样的绿树和野果，仿佛世外桃源。任何赞美的词都形容不出它最真实的样子，只能说太美了，太美了，此景只应天上有。

大家沉闷的心情终于得到了舒缓，他们决定在此休整一下。

先是生火做饭，吃完后，大家商议还是得在水潭边捕获猼訑，只要耐心守候，它肯定会出现。功夫不负有心人，几天的等待终于有了结果。

一只白色的猼訑出现在大家的眼前，只见它小心翼翼，完美地躲过了地下埋的捕兽夹。

五支箭从不同的方位射向猼訑，然而，兄弟几个又失败了，猼訑的九条尾巴就像九只灵巧的手，把射来的箭一一挡了回去。

大家又拿着刀冲了过去，然而猼訑躲过追赶，眨眼钻进了朝南的山洞。

这个洞很宽敞，通道有一间屋子那么宽，头上还时不时有阳光洒进来。兄弟几个跑得很快，但还是追不到猼訑的行踪。

前面的路变得高低不平，大洞套小洞，又让大家不知道如何是好了。

地上全是岩石，也看不出蹄印。只听得吼声传来，是老虎的声音。老大高仁让兄弟几个赶快隐蔽，以免被老虎伤害。

大家推断，如果这个洞有老虎把守，那猼訑就不会进来。他们又慢慢退出了这个山洞。

只是不知道猼訑去了哪里，它明明进了这个大洞。也许有小洞通向别的地方。为了安全起见，大家只能先撤出来，再想其他办法。

六、猼訑对人发动了攻击

三个洞口，现在只剩下西边的洞口没有进去了。大家拿出弓箭，并且商量了一套捕捉方案。

这个洞里比较潮湿，随处可见的土堆上长满了野草和野花，偶尔还能看到兔子、老鼠和蝎子。地上坑坑洼洼的，蹄印很凌乱，但也说明有体形较大的动物走过。

越往里走，洞越大，仿佛能装下一个村庄。这么邪乎的地形地貌，兄弟们还是第一次见到。大自然真是鬼斧神工，创造出了太多让人意想不到的胜境。

只因还有遮盖，所以它只能叫洞，它的上方还有个不大的窟窿，从这儿能看到井口那么大的蓝天。越往里走，窟窿越多，不规则地分布着。里面的野草也越来越高。

老二指了指前方，只见草丛里有东西在动。大家拉弓的拉弓，举刀的举刀，仿佛志在必得。

果然不出所料，洞内有条暗道，也许，这个秘密只有猼訑清楚。

老大高仁指挥着兄弟们，让大家从东南西北四个方向围攻。兄弟几个悄悄围了上去，老五拿出了套索，这是他的神技，曾几次套住狼，还有几次套住了野猪，这次他的目标是套住猼訑。

在离目标不远处，老大高仁的箭“嗖”的一声射过去，一团白色的身影腾空而起，紧接着，老五的绳索也飞了出去。

猛然间，只见猼訑用两只角直扑老二高义，吓得高义迅速躺到了地上。老四高智的快刀向白色的身影砍去，但他霎时便感到有鞭子一样的东西打在了自己脸上，火辣辣地疼。随后，他一个翻身躲过了另一条飞过来的“鞭子”，原来他遭到了猼訑尾巴的袭击。

这一次猼訑没有逃走，而是朝兄弟几人展开了攻击。

老爹说猼訑温顺，但这只却很暴躁。看来动物也和人一样，不管如何温顺，逼急了也一样会拼命。

老大高仁看见倒在地上的老二高义，赶忙上去护住。猼訑又向老大高仁扑来，老三高礼举起棍子朝猼訑身上劈去，想不到猼訑背上的眼睛看到了后面的情况，只见它一个转身，又朝老三高礼撞去，老三高礼来不及防备，就被猼訑撞倒在地。

老四高智和老五高信拿着刀对着猼訑又扑了上去。

猼訑看到老大、老二、老三拿着刀也都围了上来，一个腾跳钻出了大家的包围圈，闪入旁边的一条河沟里。

猼訑在前面跑，大伙儿在后面追，眼看就要追上了，地上却突然出现一个地洞，猼訑跳了下去。

几次合围，都是在大家认为唾手可得的时候失败了。

老二看到跑得气喘吁吁的兄弟们，突然蹲在地上哭了。他告诉弟兄们，不要为他操心了，大家已经尽力了。

经过这么多次的较量，大家已经看到了猼訑的狡猾。老二高义不忍看着弟兄们为了他劳累和直面危险，他恳请弟兄们就此罢手，一块儿回去。

听了老二的话，大哥说道："我们一开始就知道会遇到很多困难和危险，但越是这样，我们就越要保持昂扬的斗志，尝试各种方法走出困境，捕获猼訑，胜利回家。"

大哥的话得到了兄弟们的一致响应，大家决定坐下来，好好总结一下这几次的成败得失，然后再下手。

七、终于把猼訑的毛发拿到手

一个挎着背篓的男人走过，大家立刻上去询问这里的情况。得知他是采药人，世世代代都住在这座山里。

"要想捕获猼訑，必须得智取，其他的方法都不可行。"他们现在才明白了几次三番都失败的原因。

采药人告诉大家，猼訑最喜欢吃一种叫槐刺的野草花，这种花有致人兴奋的效果，猼訑吃了后就会喝大量的水，然后进入一种麻醉状态，有一炷香的工夫，猼訑会躺在地上睡觉。

猼訑喜欢吃槐刺花，就像有的人喜欢喝酒一样。只是这种槐刺花不好找，不是专门的采药人，一般找不到。

高仁把他们想捕获猼訑的原因告诉了采药人，采药人听后决定帮忙，带领大家寻找槐刺花。

采药人还告诉高仁，要想让高义变得胆大，并不用杀死猼訑，只需获取猼訑的毛发，把它佩戴在高义的胸前，高义就能改掉胆小的毛病。

大家跟随采药人，又到了那个美丽的山谷。

采药人从怀里掏出一个小瓷瓶，拿一根小木棍伸进去，把一滴液体滴到了花蕊上。不一会儿就有一只巨大的蝴蝶飞了过来，有拳头那么大，粉红色的翅膀，黑色的肚子，绿色的脑袋，这种蝴蝶喜欢嗅槐刺花的花香。

槐刺花的颜色是黄色的，叶子上长满了密密麻麻像针尖大的小刺，仿佛铺了一层绒布，一般人看不出来。它跟周围的野花长得非常像，只有这种蝴蝶能精准地落在槐刺花上。

采药人拿出一个网兜，把蝴蝶罩在里面，他又取出一根又细又长的游丝系在蝴蝶肚子上，又把游丝的另一头牵在手中。

蝴蝶在空中飞啊飞，寻找着槐刺花，大家紧随在采药人后面。

蝴蝶落在了花蕊上，槐刺花找到了，大家挖了好几十棵，然后又回到了水潭边，把槐刺花栽在了水潭边的泥土里。

大家现在要做的，就是埋伏在周围等待。

猼訑出现在水潭边，撒着欢地吃槐刺花，大家紧张地看着这一切。正如采药人所言，猼訑吃完槐刺花，喝完水，睡着了。

大家走到猼訑身边，剪了不少毛发，然后高高兴兴回家了。

兄弟们把采药人也请回了家里，热情地招待了他，并给了他不少钱财。滴水之恩，当涌泉相报，更何况是这种事呢！大家非常感激采药人。

采药人最珍贵的是小瓷瓶里盛的药水，没有特殊事情，他都舍不得用的。

老二高义打猎的时候，把猼訑的毛发佩戴在了身上，他变得非常非常勇敢，成了远近闻名、大家都敬重的英雄。

不屈服的怪兽驳

驳 《山海经》之西山经

原 文 又西三百里，曰中曲之山，其阳多玉，其阴多雄黄、白玉及金。有兽焉，其状如马，而白身黑尾，一角，虎牙爪，音如鼓，其名曰驳，是食虎豹，可以御兵。

译 文 再往西三百里，有座山名为中曲山，山的南边蕴藏着丰富的玉石，山的北边蕴藏着丰富的雄黄、白玉和金属。山中有一种野兽，外形像普通的马，身体是白色的，尾巴是黑色的，脑袋上长有一只角，还有老虎一样的牙齿和爪子，发出的声音如同鼓声，它的名字叫驳，会捕食老虎和豹子，饲养它在身边，可以躲避兵器的伤害。

一、思念母亲的驳

中曲山是一座灵秀的山，南麓盛产色泽斑斓的玉石，北坡富含各类珍贵的金属矿物。

在这座神秘的山脉之中，栖息着一种极其独特的神奇怪兽，它的名字叫作驳。

此时此刻，驳正站在峻峭的山崖之巅，深邃的眼眸，孤独地望着远方，两行泪珠无声地从它的眼角滑落，晶莹剔透，如同断线的珍珠，在夕阳下闪烁着哀伤的光辉。

“妈妈死了，妈妈死了，还有比这更大的打击吗？”守护它一生的母亲，已经永远离开了这个世界。

驳的内心被巨大的悲痛紧紧攥住，失去亲人的苦楚就像一条毒蛇，尖锐而冷酷，一寸一寸地啃噬着它坚韧的心灵壁垒。

冰冷刺骨的山风，像锋利的刀片一样，无情地刮过它的脸庞，带走了温度，可它全然不知，就好像失去知觉一样一动不动，又像在寒冬中的一截树桩，任由风雪抽打。哀痛已将它淹没。

只有两行泪是热的，从眼角不断滚落，滑过脸颊，一路洒落在坚硬的土地上。每滴泪水，都是它对母亲无尽的思念和深深的缅怀。

从小到大，它和母亲便在这荒凉的山林间相依为命。母亲倾尽所有，以最深沉、最无私的爱来庇护它、教育它，如今母亲的离去，给它带来了生命中最沉重的一击。

可它现在还只是个孩子，还不谙世事，母亲就这样扔下它走了，这突如其来的变故，让它困惑不解，痛苦万分，它在心中反复嘶吼：“这究竟是为什么？这到底是为什么？”

它愤怒地抬起头，对着天空发出了吼叫。它幼小的心灵其实也知道这很幼稚可笑，但此刻的它只能以此来表达自己内心深处无处安放的悲痛与恐惧，此外别无办法。

在它幼小且敏感的心灵深外，它清楚地意识到，生活的丛林其实并不比真正的森林安全多少。

狼、豹子、老虎，这些野兽无时无刻不在盯着幼小的动物。它原来有母亲的保护，现在什么也没有了。

父亲在它的心里就是个概念，因为它从小就没有见过父亲。

在它出生的前一年，父亲摔下悬崖死了，什么话也没有留下，只丢下可怜的母子俩。

母亲从小就教导它，要学会坚强，在艰难困苦中磨砺自己，练就一身过硬的本领，只有这样，长大后才有能力在这个世界里保护好自己，才能在山林中占有一席之地。

母亲告诉它这些道理时，它朦朦胧胧似懂非懂，但那些关乎生命与成长的教诲，犹如一颗顽强的种子，在等待着破土而出、茁壮成长的机会。

好在有猿猴婶婶，总是面带慈祥的笑容，带给它无尽的欢乐和温暖。猿猴婶婶经常过来逗它、哄它，让它开心，还会给它吃食和鼓励，鼓励它在挫折面前不屈不挠。

“较儿，回家吧，外面太冷了。”猿猴婶婶那熟悉的呼唤又在林间响起来，充满了关切与担忧。

悲伤不能解决问题，要想活下去，只有坚强。猿猴婶婶告诉它，必须学会承受生命中不能承受之重，因为这就是成长，这就是生活。

二、误入狼群领地

“我若不勇敢，谁替我坚强？”这是驳的座右铭。

每天早上醒来，驳都用这句话来激励自己，然后开始一天的觅食。随着时间的推移，驳在慢慢长大。

驳所在的山林，等级分明，每一个动物都有自己的领地。谁如果想成为山林之王，就得打败所有的动物。

在此之前，老虎是这山林的王者，后来又是豹子和狼。也就是说，驳只有把它们全部打败，才能去山顶看风景，不然连路过的权利都没有。

驳长得特别像一匹马，但与马儿又有很大的区别。

驳的躯体是白色的，犹如被皑皑白雪覆盖，但尾巴是黑色，长长的，漆黑如墨，与它身体的雪白形成鲜明对比。

驳的头部中央，耸立着一只威猛的独角，嘴里长有像老虎一样的锋利牙齿，四只脚也像虎爪一样锋利。这些天生的狩猎利器，象征其拥有非凡的力量与地位。

马是吃草的，驳是吃肉的。驳给人的印象有点凶，也许是有老虎牙的缘故。

一只野兔在山道上奔跑着，两只脚仿佛安装着弹簧，一蹦一蹦地，很快它就从这个山头跑到另一个山头了。

驳看到野兔后，立即开始追赶。

野兔的听力特别好，任何细微的声音都能听到，更何况狡追赶时四脚踏地发出的声音很大。

生死关头，兔子朝着狭窄的梯田埂跑去，它知道，大一点的动物在这种窄道上根本站不住，背后就是万丈悬崖，如果收不住脚，就会葬身崖下。而兔子凭借其小巧灵活的身体，使这里成了它成功逃脱的秘境。

兔子竖起两只耳朵，朝山坡下望着狡，一边吃着嫩草，一边警惕着周围的动静。

像墙一样立着的窄路，狡根本不能通行，它只能眼睁睁地看着近在咫尺的兔子悠然自得，这种无奈让它感觉到一种说不出的滋味。

身后响起一阵狼嗥，原来这里是狼的领地。坡顶的兔子不见了。有五匹狼朝狡围了过来。

三、狡被群狼围攻

狡看着眼前的景象，没有一点害怕，只想着如何躲避狼的攻击。狼是不允许其他动物在它的领地上捕食的。

这群狼体色灰黄，背部及侧面的长毛尖多为黑色，额部耳廓及背部中央的毛色较暗，两耳直立，尾毛蓬松但不卷曲，头顶的灰白处有黑色，嘴唇也是黑色的，两只眼睛在夜晚里会射出绿色的光芒。

头狼开始向狡靠近，并发出了示威的嚎叫。其余几匹狼也从不同方向对驳实施包围。驳镇静地看着这一切，准备应对来自各方的攻击。

左边的狼跳了起来，朝驳的脖子上咬去；右边的狼也跳了起来，朝驳的后腿上咬去。驳的前爪挥了出去，打在了左边的狼的身上，疼得这匹狼哇哇大叫。驳的后腿也踢了出去，吓得右边的狼忙向后躲避。

群狼在攻击，驳在努力反击。

无奈寡不敌众，狼在数量上占了优势，虽然没有伤着驳，但驳也占不到一点便宜。驳开始想着如何逃跑。

又一匹狼向驳的尾巴袭来，驳跳起来，长吼一声，见左面有一个缺口，忙奔跑而去。

可是群狼哪肯放过这眼看就要到手的猎物呢！很快，它们又把驳围在了一个土堆前面。

狼群的这次围攻，反而激发了驳的勇气，它不再后退。狭路相逢勇者胜。驳张开大嘴，朝头狼咬去。

群狼也因驳的反击感到了恐惧，但还是仗着“狼多势众”，围着驳不肯放弃。

俗话说，擒贼先擒王，驳现在想的是要先把狼王打倒。

眼看着狼王的脖子就要被驳咬住，谁知狡猾的狼王顺势一滚，躲开了袭击，驳的攻击扑了个空。

僵持了一会儿，狼群散去，驳也赶紧离开了这个是非之地。

四、狼群被驳征服了

驳坐在柔软的草地上，旁边有几只蚂蚁正在运送食物，那食物的大小显然比蚂蚁本身大许多，可蚂蚁们还是一步一步往前运着，没有一只有放弃的念头。

“自己已经成年，难道就要甘于屈从于命运，不再向山顶发起挑战了吗？”驳在心里这样默默地问自己。

今天自己没有受伤，虽然无意闯入狼的领地，但是也感受到狼群并不是那么可怕。

想到这，刹那间，驳浑身充满了力量，决定从今天开始，正式挑战山顶，不管多难，它一定要成为兽中之王。

上午的阳光从树林的缝隙中洒向大地。一匹狼正躬着背盯着山岩上的野鸡，几只小狼崽在空地上嬉戏，其余的狼都在忙着自己的事情。

驳悄悄靠近狼的领地，它想在今天征服狼群。

一只小狼崽看到了藏在树后的驳，立马告诉了狼王，狼嚎声瞬间此起彼伏，这是在警告进入领地的动物。

驳没有害怕，它向着山上奔跑而去。很快，狼群组织了第一道防线。九匹狼虎视眈眈，盯着迎面而来的驳；驳也毫不示弱，向着狼群冲去。

一匹狼、两匹狼、三匹狼……七匹狼被驳打倒了，躺在地上奄奄一息。剩下的两匹狼向后跑去。很快，驳又遭遇了狼的第二道防线。

七匹狼个个昂着头，一看就是身经百战，它们同时对着狡发出了嚎叫声。狡一点也没有理会它们，对着狼群中的头狼，猛地用脚踢去。

几匹狼分工协作，有的咬狡的脖子，有的咬狡的腿，有的咬狡的尾巴，还有的咬狡的屁股。好在狡无畏无惧，勇敢面对。

几个回合下来，狡的身上全是伤。然而，信心是最好的良药，狡一点也没有感觉到疼痛，它此时想的就是征服这群狼。

冲破了第二道防线后，狡来到了狼的第三道防线前面。这匹狼十分威猛，身边的两匹狼同样体形魁梧。

狡和狼相视一看，谁也不服谁，扑上去打在了一起。虽然三匹狼同时进攻，但狡已经掌握了狼进攻的套路，它使出杀手锏，很快便把三匹狼都打倒在了地上。狡胜利了。

所有狼在狼王的嚎叫声中，来到狡的面前膜拜，它们被狡征服了。

五、狡被豹子当成了到嘴的猎物

豹子的领地在狼领地的上边，这也说明，豹子的凶狠要胜于狼。

它们四肢短健，低矮强壮，头部较圆，尾巴较长。体形较大的豹子有两百多斤，尾巴有一米多长。

它们通体呈黄色，黄色上面还布满了黑色的环斑，头上的斑点小而密，背上的斑点大而密。

斑点呈圆形或椭圆形，图案有点像梅花，又有点像古代的铜钱，山民们把这种豹子称为金钱豹。

豹子喜欢住在山洞和树丛中，喜欢白天睡觉，晚上觅食，喜欢爬树。它们常用自己的尿液和粪便做标记，以此圈划自己的领地。

夜晚黑漆漆的，没有月亮，整个山林笼罩在黑幕中。如果要上山顶看风景，豹子就是驳的第二个挑战，只有打败豹子，才可以挑战最高处。

如果现在放弃，就没有腥风血雨的搏斗，至少还有狼臣服于它。选择又一次横在驳的面前。

这时它想起了母亲说的话，母亲希望它成为强者，成为山林之王。

成功的路上从不是一帆风顺，成功就是不断挑战自己，克服一个又一个的困难。

如果连自信心都没有，那么雄心壮志就会像笑话一样。

在一个月光皎洁的夜晚，驳来到了豹子的领地。

一头精神抖擞的豹子，在月光下寻找食物。好多贪睡的动物在睡梦中就成了豹子的美餐。

当豹子看到驳的时候，别提有多高兴了。想不到有猎物自动送上门来。豹子开心极了，心里忍不住美滋滋地感叹:

今晚的月亮好圆啊！今晚的美食好诱人啊！

六、凶悍的豹子被驳制服

正当豹子准备进攻的时候，它突然发现身边的猎物不见了。

它用它那灵敏的鼻子，边走边嗅。原来驳躲到了一块岩石后面。

驳看到豹子强壮的体形，想好好观察一下，然后再行动。

做事不能鲁莽，要多用脑子，这是母亲在世时，经常对驳说的话。驳一刻也没有忘记，每次遇到大事，它的脑子里就会蹦出这句话。

豹子看到驳后，腰身一躬，腾空扑了上去。驳也把前蹄升起来，踏了出去。

豹子没有咬住驳，暴怒中更疯狂地转身撕咬。驳忽然张开嘴，在豹子的屁股上咬了一口。要知道，驳可是长着一嘴锋利的虎牙。

豹子的屁股流血了，但它并没有逃走，而是紧紧缠着驳打斗。

它俩的打斗声和嘶叫声，在夜晚寂静的山林中回荡，不时有小动物逃窜的声音。它俩打得难解难分，一时难分高下。

驳突然想到一个计策，它开始向前奔跑。豹子看到后，紧追不舍，边追边想：“现在想跑，不可能！把我的屁股都咬伤了，看我不咬死你！”

跑出一段距离后，驳突然回头，站住了。这让豹子完全没有料到，甚至感到有些意外。没有等豹子回过神来，驳就从它的侧面迅速扑了过去，一嘴咬住豹子的脖子。豹子使出浑身的劲想反抗，无奈驳咬得死死的。

在用力猛拉的瞬间，豹子倒地了，躺在地上不停地发抖，驳把豹子打败了。

这时驳想起了猿猴婶婶说过的话：“不管遇到什么困难，都不要放弃。坚持走下去，肯定会看到意想不到的风景。”

是的，在这之前，驳也犹豫过、害怕过，但最终自信战胜了恐惧，它成功战胜了豹子。

七、山道上悠闲的老虎

放弃，这是一件多么容易让人做到的事情。当你想找借口偷懒，不想再坚持的时候，“放弃”这个词能安慰你脆弱的心灵。

放弃也就意味着失去，而这是驳不能容忍的，驳要挑战自己，它要当王，要去山顶看最美的风景。

驳站在岩石上，默默地望着远方，心里问自己：“下一步的挑战是老虎，被山民们称为兽中之王的老虎。我能成功吗？”

“宁可站着死，不能跪着生。”

这充满热血的句子在驳的脑海中回荡，它的激情又一次被点燃。驳的眼睛里射出坚毅的光，它现在要做的就是做好充分的准备。

老虎是一种喜欢单独活动的动物。老虎全身长满棕黄色的毛发，上面布满了黑色的横纹，圆脑袋，短耳朵，脖子短而粗，肩膀宽，牙齿锋利，舌头上覆盖着坚硬的突刺，两只眼睛的上方各有一块白色区域，前额的黑纹看上去像汉字中的“王”字，四肢健壮有力，尾巴又粗又长。有的虎的体长能达到两米，体重七百多斤。

一只威猛的老虎正悠闲地走在山道上，慵懒的风从它的身上掠过，小溪里的流水在高低不平处发出哗哗的响声，路边的小野花也在闭着眼睛养神。

一只小花蝶突然飞到老虎的头顶上打转，弄得老虎来了精神，它仰起头，看着头顶的花蝴蝶，伸出爪子，似乎想逮住它。

这只小花蝶东飞一下，西飞一下，虎爪几次扑过去都没有逮住，小花蝶好像在逗老虎玩。

老虎渐渐地没有了耐心，它发出一声虎啸，整个山林仿佛都在摇荡。小花蝶飞走了，它是被吓跑的，还是被老虎怒吼时的风吹跑的，就不得而知了。

老虎一改刚才的萎靡神态，抬起头，跨开大步，神气活现地朝前走去。

八、老虎和驳打得难解难分

驳看到了老虎留在地上的粪便，还有不远处树干上沾着的虎毛。它知道自己来到了老虎的领地。

这都是老虎为了宣示主权做的记号，目的是划定自己的势力范围。如果别的动物不慎入内，老虎是绝对不允许的，它会将它们全部杀死，这也说明了老虎的霸道。

而老虎霸道是有资本的，就连成年的野牛，在老虎面前都不堪一击。老虎的爪子对着牛的头骨用力拍下去，瞬间就能让牛骨粉碎。

驳和老虎相遇的时候，老虎正在打盹儿。而驳要去山顶，这条路是必经之路。

陌生的气味钻入老虎的鼻孔，老虎睁开了它的大眼睛，快速从地上爬起来，抖抖身子，做好了战斗的准备。

驳清楚地知道，跟老虎过招才是真正的生死之战。

只要稍有不慎，就会万劫不复。老虎的力量，是任何动物都不能与之抗衡的。

开弓没有回头箭，驳现在唯一的选择就是打败老虎。

老虎对着驳发出了震耳欲聋的怒吼声，但这已经吓不到意志坚定的驳了，驳已经做好了最坏的打算。

遇到事情，首要的就是不慌不忙，冷静应对，不能让环境和压力扰乱自己的心绪。驳已经在脑子里过了好几个应对方案了。

老虎见没有吓倒驳，更加愤怒了，它感觉对方在轻视自己。

老虎朝着驳的方向奔了过去，然后纵身一跃，张开血红的大嘴，对着驳的脖子咬了下去。

老虎有个特点，不论对什么动物，它都喜欢咬对方的脖子，用它那强壮的身体，往往一击必中。

驳在看到老虎跃过来的瞬间，两腿一跪，脖子一低，趴在了地上。老虎从驳的身上跃了过去。

驳又打了两个滚，然后飞快地爬了起来。

九、驳终于成了山林之王

什么是高手？这就是高手。在一招一式之间，看似平常的打斗，却能瞬间决定胜负。

老虎用爪子刨着地上的泥土，飞扬的尘土四处弥漫开来，老虎想用这尘土挡住驳的眼睛，然后对着驳又扑了过来。

驳摇了摇尾巴，也发出一声怒吼，像是给自己鼓劲。驳的爪子对着老虎的脑袋拍了下去，但双方都躲开了对方的攻击。

这是一场实力相当的战斗。

老虎突然躺倒在地上，露出它的肚皮，似乎在对驳说：“你过来咬吧，我放弃抵抗。”这其实是老虎设的一个陷阱，它看似放弃，实则是在引诱驳来攻击自己，然后顺势撕咬驳的腿。

既然咬不到脖子，那就从另一个地方下手。这狡猾的老虎，处处在算计着驳。

可是驳没有上当，它没有直接攻击老虎，而是围着老虎转起了圈。它想把老虎转晕，然后再实施袭击。

驳的心思似乎已被老虎识破，老虎又爬起来，向驳扑了过去。

战斗在进攻、僵持、进攻中交替进行着，炽热的太阳照耀着山林，老虎和驳又撕咬在一起，从上午一直打到了下午。

黄昏时分，天边的晚霞如烈火般燃烧着，映照在茂密的山林之中。

那个曾经不可一世的森林霸主——老虎，此时已被驳打倒在地上，无论如何挣扎，都已经起不来了。

驳的眼中闪烁着坚定的光芒，这一刻，它胜利了！它的梦想终于实现了！

驳傲然站立于山顶，呼吸着清新的空气，那是自由的味道，是胜利的味道。

这是驳第一次站到这山顶眺望远方美丽的风景。如诗如画连绵起伏的山脉、波光粼粼的湖泊、郁郁葱葱的森林，尽收眼底，仿佛整个世界都在它的脚下。

每一个生命都具有生存的能量，每一个生命也都有自由发展的空间。驳深深铭记着母亲的教诲，母亲的鼓励和支持，总能让它在逆境中坚守信念，勇往直前。

驳知道，只要心中有梦，敢于追求，即使路途坎坷，终会迎来属于自己的鲜花和掌声。

驳在心里对着母亲说道：“妈妈，是你在我最迷茫无助的时候，让我不要放弃；是你让我坚强面对，找到那个适合自己站立的位置。我成功了妈妈，我终于成了山林之王！”

一只鸟从天空中飞过，它的嘴里衔着一片花瓣，眨眼飞向了远方。

背上长眼睛的羬羊

羬 羊　《山海经》之西山经

原 文　西山华山之首，曰钱来之山，其上多松，其下多洗石。有兽焉，其状如羊而马尾，名曰羬羊，其脂可以已腊。

译 文　西方的第一列山系是华山山系，它的第一座山名为钱来山，山上有很多松树，山下有大量洗石。山中有一种野兽，形状似羊，却有着马一样的尾巴，它的名字叫羬羊，它的油脂可以用来滋润干裂的皮肤。

一、阿金下山给爷爷买药

大风起的时候，整个钱来山林都发出了呜呜的声音。

山上的飞禽走兽都早早地钻进了自己的窝。谁也不敢跟风神对峙，他是一个坏脾气的人，你要是不听他的话，他就跟你较劲。你想让他温柔地吹，他就吹得越发猛烈；你想让他发狂，他就轻拂你的脸。他的这种行为，让人是又恨又爱，心里老有一种说不出的滋味。

阿金坐在窗前，望着窗户外山坡上黑压压的松林发呆。

爷爷和阿金相依为命十几年，为了生活，爷爷每天去捡洗石卖钱，养活自己和阿金。

最近爷爷的老寒腿又犯了，躺在床上疼得翻来覆去睡不着。阿金想去给爷爷买药，可爷爷怕阿金小受人欺负，坚持说躺几天好点了他自己去买。阿金陷入了焦虑中。

又过了两天，爷爷的腿还不见好转，阿金决定跟爷爷商量商量下山买药的事。

“爷爷，我已经长大了，你不用为我担心，我可以去镇上给你买药。”阿金望着爷爷说道。

爷爷看着这个懂事的孙子，又爱又怜，一时间都不知道说什么好，只能偷偷地抹眼角的泪花。

“爷爷，我知道路怎么走，也知道药去哪买，你去镇上的时候带我走过几次，我已经全都记住了。”阿金见爷爷没有说话，接着又说道。

“好吧，孩子。路上一定要小心，遇到野狗或不讲理的人一定要躲开，千万不要跟人起争执。爷爷在家里等你，快去快回。”爷爷吩咐着阿金。

“好的爷爷，放心吧，我知道了。”

阿金说完便开始收拾东西，他像爷爷一样，找了个筐，把洗石放进筐里，准备去镇子上卖掉，换了钱给爷爷买药。

今天的天气特别好，太阳明晃晃的，风也是柔柔的，阿金穿过松树林往山下走去。

二、阿金在集市上

镇子上人很多，熙来攘往。路的两边卖什么的都有，有卖豆腐脑的，有卖猪蹄的，有卖卤肉的，有卖羊杂汤的，还有卖麻叶麻团、鸡蛋灌饼的。

香味飘进鼻子里，真叫人直流口水，可这一切都诱惑不了阿金，因为他知道，卖洗石换的钱是给爷爷买药的。

另一边是卖针头线脑、风筝、竹编玩具车和雕刻的玉器挂件。

在一块平整的板子上，放着一团泥，只见摊主三两下就将手里的泥团来回转动起来，只一会儿的工夫，便做成了一只活灵活现立在木棍上的小猴。

阿金看得都不想走了，他几乎都忍不住掏钱了，但捏捏裤兜才想起来，里面什么也没有。自己的洗石还没有出售呢！再说今天的任务是给爷爷买药，阿金为自己刚才的行为感到脸红，连忙离开了这个小摊。

阿金左拐右拐走过几条胡同后，来到了一家药铺前，门上有一块大匾，写着“妙手回春”四个大字。

阿金刚想推门，突然想起自己还没有把洗石卖掉，哪来钱买药呢！只是刚才自己的心思还在小猴身上，走着走着出了神，把去药店的路当成了去卖洗石的路。

阿金摸了摸自己的脑袋，为自己感到羞愧，为什么就管不住自己呢？

三、拿秤杆和秤砣的人

收购洗石的院子非常大，一排排洗石整整齐齐地摆放着。

院子里坐着一个人，站着两个人。坐着的是管事，站着的两个是抬秤的人。嘈杂的声音从院墙外传来，阿金估计那是加工洗石的地方。

洗石是一种在洗澡时能去掉身上污垢的石头。通过加工，能提炼出一种液体，就像现在的人们用的肥皂。

至于如何提炼，阿金也不知道，他只听爷爷讲过，这个老板很有钱，常年收购洗石。

院中站着的两个人看到阿金背着筐进来，其中一个朝阿金走了过来。

“小伙子是卖洗石吗？”他摇头晃脑地问道，说话还有点结巴，不是很利索。

“是的。”阿金回应道。

他接着又说道：“放那吧。”看了看筐子里的洗石，又看了管事的一眼。

“不用称了，算你二十斤。看你也挺辛苦的，给你多算点。”真是赖人说的好人的话。

阿金知道，自己的洗石绝对不止二十斤。他以前跟爷爷来过这里，也知道应该过秤称，况且他也大概知道自己的洗石的重量。今天走的时候，他还特意多放了两块，就是为了多卖点钱。

阿金客气地对拿秤砣的人说道：“叔，你还是过一下秤吧，这样对咱们都公道。”

“你这孩子，还这么不相信人。”拿秤砣的人因说话结巴，急得脸都红了。

另一个拿秤杆的人也走了过来，道：“赶快拿钱走人，不然有你好看的。”居然威胁起了阿金。

阿金不从，坚持自己的意见。正在此刻，一条狗朝阿金扑了过来，忙乱中阿金捡起了身边的石头扔了过去，想不到又有三四条狗扑了过来，阿金赶紧蹲下身，又捡了几块，可打退这条狗，那条狗又扑了上来。

这可怎么办？突然间阿金想到，拿石头去砸狗，对于驱逐群狗来说起不到很好的效果。这样不仅不能解决问题，还会让自己束手束脚。

换种方法试试，问题就会在不经意间解决。说时迟，那时快，阿金一个箭步跳到石堆上，取下一根棍子。左右开弓，三两下就把狗打退了。这棍子既可以打单条狗，也可以打一群狗。

这边的打闹声惊动了院子那边的监工，他穿过院子走了过来，问明情况，训斥了刚才管秤的两个人，把阿金的洗石过了秤，付钱给了阿金，叫他赶快给爷爷买药去。他还夸奖阿金懂事孝顺，嘱咐阿金以后有事就过去找他。阿金心里感叹道：这世上还是好人多。

阿金把药买回去后，每天给爷爷煎服，很快，爷爷的腿痊愈了。

四、发现羬羊的蹄印

山外的洗石已经越来越少了，要很长时间才能捡一筐，如果长期这样下去，就不足以维持生活了。爷爷对阿金说，他决定去深山里转转，看那里有没有洗石。

早上起来吃过早饭，爷爷和阿金沿着崎岖的小路走进深山。

很少有人进山里边去，进得最多的是采药的人，且采药的也只是稀稀拉拉的几个人，他们经常在悬崖峭壁上采摘药材，所以山道上几乎看不见他们的人影。

山里野兽比较多，弄不好会威胁生命，这也是山里来人少的原因。

“爷爷你听，是羊的叫声。”阿金竖起耳朵辨别声音的方向。在东边的深草丛中，一对羊角露了出来。

阿金高兴地喊道：“爷爷，在东边。”说完就跑过去想要一探究竟。只见一个黑乎乎的东西甩着马尾巴，一闪而过。

阿金自言自语道：“我明明先看到的是羊角，怎么又看到马尾巴了？”

爷爷听了阿金的话，高兴地对阿金说道：“咱爷孙俩这下不用发愁了，你刚才看到的是羬羊，它们经常出没的地方，周围会有大量的洗石。我们只要找到它的窝，就能找到洗石。

“哦，哦。”阿金的脸上露出一副惊奇的表情。

爷爷告诉阿金，这种怪兽叫羬羊，长着羊头羊角羊身，但尾巴却跟马的尾巴一样，修长有力，蓬松浓密，飘逸洒脱。

羬羊在山间草地上奔跑时，它的尾巴随风起舞，既彰显了力量，又流露出优雅，兼具了羊与马的独特魅力。

羬羊身披一层厚实柔软且富有光泽的毛皮，整体形态与温顺的绵羊相似，头部圆润，但它不像普通的绵羊走起路来慢腾腾的。它的灵敏度和警觉性非常高，双眸明亮如星，走路就像跑步，听到让它警觉的声音，它跑得比马都快。

虽然一辈一辈的人都在告诉后代，只要看到羬羊，就能找到洗石，但这么多年来很少有人看到它。

爷爷高兴地弯下腰，对着前面的大山拜了拜，他认为这是山神对爷孙俩的眷顾。爷爷和阿金开始四处寻找羬羊的蹄印。

五、在野外寻找羬羊

羬羊的蹄子比绵羊的大三倍，虽然形状跟羊蹄一样，但跑起来却像马蹄一样有力。

羬羊喜欢沿着山溪觅食，大多数时候它都是站在水里或小溪露出的小石滩上边。

寻找羬羊蹄印也成了看似简单其实艰难的事情。这世上，万事只怕“认真”二字，爷孙俩不达目的誓不罢休。他们在山道边搭了一个草棚，准备守株待兔，羬羊有再回原地吃草的习惯。

爷爷告诉阿金，羬羊既然在这地方出现过，就一定会回来，至于什么时候回来，那就不知道了，也许一天，也许一个星期，也许一个月，也许一年。要等羬羊再次出现，就像两个人较劲一样，比的是耐力。

待在这里，最怕的是无聊。刚开始两天还觉得新鲜，阿金保持着旺盛的斗志，随着时间的推移，阿金便渐渐觉得日子好难熬，都快过去一个月了，连羬羊的影子都没有看到过。

阿金想去远处玩玩，又怕错失看到羬羊的机会，心里好矛盾。一只蝴蝶在草丛的鲜花上跳舞，要在平时，阿金一定会追着蝴蝶跑，这会带给他许多快乐。可现在的阿金却一点心情也没有，他心里只是盼望着羬羊早日出现。

爷爷每天都在耐心地等着羬羊出现，但阿金清楚地知道，随着天气转凉，再在这守着只会徒劳无功。要想找到羬羊，必须用新的方法，况且他和爷爷的储备已经不允许他们继续等待了。

六、羬羊喜欢吃苜蓿草

“只要想法不滑坡，办法总比问题多。”这是爷爷的好朋友藏阳爷爷告诉阿金的。有一千种困难，就有一千种解决困难的办法，最后看的是你的勇气和决心。

阿金对羬羊一无所知，但爷爷了解羬羊的习性。现在，阿金要做的就是向爷爷进行全面细致的了解。阿金对爷爷提供的信息做了全面细致的分析和整理，决定从羬羊喜欢吃的紫苜蓿草入手。

紫苜蓿草多长在山谷和小溪边，多分枝，叶子呈倒卵形或倒披针形，叶缘有锯齿，两面有白色长绒柔毛，花冠呈紫色，荚果为螺旋形。爷爷把紫苜蓿草的特征告诉了阿金，阿金把自己的计划告诉了爷爷。

天气不错，没有风，老天爷也被阿金坚持不懈的精神所感动。

阿金虽然年少，但是有了几次独自卖洗石的经历，增加了不少见识。

经历的事情多了，懂的事情自然也会多起来。阿金现在做事不墨守成规，做每一件事都有自己的考虑，他决心从羬羊喜爱吃的紫苜蓿草入手，找到羬羊的踪迹。

沿着山谷里的溪流，阿金和爷爷把看到的紫苜蓿草都摘进了背筐里。他要把紫苜蓿草聚集起来，让羬羊寻找食物的时候，好发现它。在离草棚五百米的地方，阿金把紫苜蓿草摊开，放在小溪旁边的其他杂草之上。

功夫不负有心人，这天，爷爷和阿金终于发现了羬羊。看来紫苜蓿草的味道起作用了，阿金高兴得裂开了嘴，他偷偷地爬到树后，观察着羬羊的一举一动。

七、三只羬羊结伴而行

一只，两只，三只，羬羊这次居然是结伴出行的。阿金在放置紫苜蓿草旁边的草丛上，撒了一种看上去不太显眼的石粉，动物踩过后，脚底就会沾上大量的石粉。

小溪里的水无声地流着，这水的源头在山里，溪水清澈，能清清楚楚看见水里的鹅卵石，还有三五寸长的小鱼在水里来回游动。

两边的山伟岸挺拔，山体上的岩石充满了力量，随意长着的树木和不知名的草花，透出一股寂寞的宁静。

在撒有石粉的地面上，有一株长得稍高的野花，妩媚多姿。花的上方两只不太大的蝴蝶来回追逐嬉戏，仿佛在看着阿金布置的一切。

其中一只比较健壮的羬羊应该是头羊，它的身躯明显比其他两只大，头上的两只角不像绵羊角那样弯曲着，而是像山羊角那样直直的。这是它用来进攻的武器，如果有动物骚扰它，非得拼命的话，它就会用角刺入对方的身体。

另两只羬羊跟在头羊后面，缓缓前行。如果有什么风吹草动，只要头羊发出信号，它俩就会随时逃跑。

三只羬羊的耳朵都直愣愣地竖起，它们警觉地注视着周围的一切。它们害怕灾难降临，内心的惊惧让它们无论何时都把预防危险放在首位，只因它们目睹有人宰杀了它们的朋友。

八、警觉的羬羊

一股浓浓的草香味钻进了它们的鼻孔，头羊抬头望去，在十米远的地上放着好多紫苜蓿草，这是它们的最爱，也是它们的粮食。

后面的两只羬羊想往前跑，头羊忙来回摆动自己的角，阻止了它们的行动。

它要弄清这是不是陷阱，再决定是否可以享受这顿美餐。

上回，它跟最好的朋友进食时，朋友不幸被猎人捕捉，它悄悄跟着，想解救朋友，结果一直没有机会。

它听猎人说过，它们身上的油脂可以治愈猎人们干裂的皮肤。这就是猎人捕捉它们的原因。

为什么不能和平共处呢？头羊有点悲愤，但又无可奈何。想到这，它望着眼前的一切，让两只羬羊留在原地，自己小心地过去查看一下。如果一切安全，再让它们过去。

一米，两米，三米……距离逐渐缩小。树后的阿金看

到羬羊前行，紧张得心都快提到嗓子眼了。羬羊太敏感了，阿金不敢把石粉的范围扩大，只是围着紫苜蓿草撒了一圈。他想着，只要羬羊想吃紫苜蓿草，就会放松警惕，从而也会忽略石粉的味道。

想不到的是，这只羬羊如此谨慎小心，简直是在跟阿金斗智斗勇。

在离紫苜蓿草两米的地方，羬羊停住了。它左顾右盼环视着周围，美味就在眼前，可它还是忍住了，不敢再往前一步。它抬起头，用鼻子嗅着草香，突然间，它发现这草的味道不是从长在地里的新鲜草上发出的，而是被拔出来放了一段时间，已经失去了水分的草的味道。只见它立马回头，带着另外两只羬羊一闪而过。

九、把紫苜蓿草种在了河边

煮熟的鸭子飞了！阿金本来觉得这是十拿九稳的事，没有想到的是，羬羊的警惕性太高，对于草香的诱惑都能敏感地抵制。

阿金的目的并不是捕杀羬羊，他只是需要羬羊带路寻找洗石。只是他们相互之间不能沟通，羬羊对阿金产生了误会，以为人类都是坏人。

殊不知这世上还是好人多，像阿金和爷爷，都是善良的人，是喜欢帮助人的人。

阿金虽然有点失望，但是很快调整了自己的情绪。

对于失败，阿金从不怨天尤人，他都是从自己身上找原因，会弄清在哪个环节出了问题。

他把前前后后的事情捋了一遍，很快便发现了问题的所在。羬羊喜欢吃鲜嫩的紫苜蓿草，而自己把紫苜蓿草拔出来放在地上等羬羊来，这个行为使苜蓿草失去了鲜嫩的味道。

世上无难事，只怕有心人。遇到事情不慌不乱，换个角度去思考，问题也许就能轻易解决。找到了问题的关键，阿金决定重新布置，并且思考着如何能和羬羊和平相处，成为朋友。

阿金经过深思熟虑，把自己的想法全部告诉了爷爷。

爷孙俩又开始去挖紫苜蓿草，挖来后，他们像种菜一样，将紫苜蓿草栽种在两米长、一米宽的草地上，同时确保不破坏原来的植被，这样一来，紫苜蓿草看上去就像是自然生长出来的。阿金干得小心翼翼，来来回回地奔波，但他一点也不觉得累。

布置好这一切，阿金又想，用什么方法消除羬羊的戒备心呢？

爷爷在远处的一块石头上坐着，吸着旱烟，烟雾缭绕。枝头上鸟儿叽叽喳喳，几只野兔蹿到了爷爷的脚下。动物和爷爷近在咫尺，它们其乐融融。

看着这一切，阿金灵光乍现。他连忙起身，去远处挖了一棵小树，把它栽在紫苜蓿草的旁边，然后把自己的一件外套撑开，挂在树上，远远看去就好像一个人的背影。

准备好这一切，阿金和爷爷就只剩下等待了。

十、羬羊和阿金成了好朋友

羬羊喜欢在它认为安全的地界活动，不论是从东走到西，还是从南走到北，一般都不会超出那个范围。

这天，阿金正感无聊，盯着树上蠕动的毛毛虫，一动不动。突然间，阿金眼前闪过一道黑影，他屏住呼吸，仔细观察。果然，羬羊又回来了。

高高的草丛里露出六只羊角，前面两只，后面并排着四只。

人是铁饭是钢，一天不吃饿得慌。动物也一样，没有食物就将面临死亡。

头羊的肚子都开始叫了，它们已经一天没吃草了，因为远处的紫苜蓿草都被阿金挖来栽到了这里。

它们寻着紫苜蓿草的草香味，终于看到了这一片紫苜蓿草。两只跟着头羊的羬羊兴奋起来，一只蹄子在地面上来回甩动。

头羊扭头看了它们一眼，轻轻“咩”了一声，警告它们不要轻举妄动，因为它看见了一个人的背影。头羊站在原地，它要好好观察观察，然后再做决定。

时间悄悄地流逝着，早晨的阳光也在慢慢移动。两三个小时过去了，头羊看到那个背影还在那里，一动不动。它觉得没有危险了，准备带着另外两只羬羊去享受美餐。

一只老鹰从空中掠过，长长的鸣叫让三只羬羊立刻趴在地上。这突如其来的空当，也给了阿金机会，他迅速扯下树上的衣服，自己站到了树下。

待老鹰远去后，头羊才带着两只羬羊走进栽苜蓿草的场地，美美地吃了起来。一只羬羊吃饱了，幸福地靠在阿金的身上，它以为自己是靠在树上的，弄得阿金一动也不敢动。

头羊一边吃草，一边抬头用心地感应着周围的环境，直到确认没有丝毫的危险存在，才放松地吃起草来。

阿金轻轻地用手抚摸着靠在他身上的那只羬羊，看上去无比享受。另外两只羬羊吃饱后，也靠在了阿金的身上，享受着阿金温柔的抚摸。

头羊似乎通过心灵感应明白了，人类中也有善良的。三只羊和一名少年，愉快地玩耍起来。

爷爷看到这和谐的场面，也从山体后面走了过来，三只羊没有一丝不安，仿佛爷爷也是它们的朋友。

后来，羬羊带阿金找到了大量的洗石，阿金用卖洗石的钱买了一片牧场，还请人为羬羊种了大量的紫苜蓿草。

羬羊、阿金和爷爷一起过上了幸福的生活。

附录

生僻字词注音解释：

luǒ
蠃鱼：一种长着鱼身，却有着鸟翅膀的异兽。

zhuàn
夏篆车：是一种特指的高级车。

车毂：泛指车轮。

bào
司虣：古代官名。

chán
廛人：古代官名。

hé
盉：调配。

bù
瓿：古代器名，青铜或陶制，用以盛酒或水。

bóshì
猼訑：传说中的一种怪兽的名字。

bó
驳：古代传说中的怪兽。

qián
羬羊：古代传说中的兽名。